AF489138

7   8
19 20
28 29 30 31
19 ½
O.K.

CON AROMA A CEBOLLA Y MUERTE

CÉSAR AUGUSTO ORTIZ NEIRA

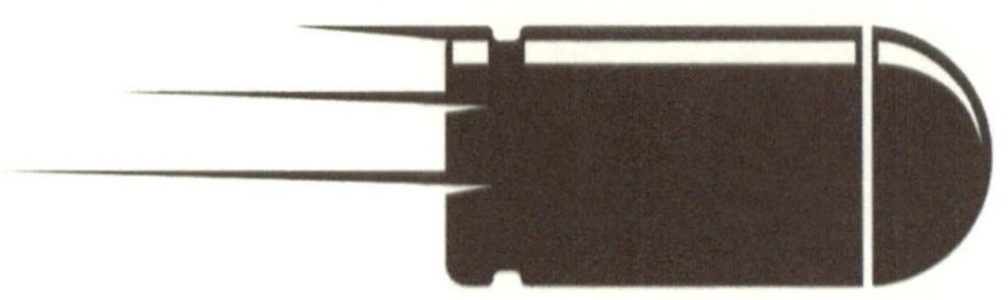

Con aroma a cebolla y muerte
Primera edición: junio, 2022
© César Augusto Ortiz Neira, 2022

ISBN: 978-958-49-3277-8
THEMA: FF

Diseño de la cubierta: Marta Pena de Cordexiz
(www.cordexizdesign.es)
Edición, corrección y maquetación: Scarlett de Pablo
(www.escarlataediciones.com)

PRÓLOGO

La vida suele ser muy corta, por larga que sea. La muerte, se dice, trae como consecuencia la eternidad. Curiosa ironía de la vida, pues entonces hay que morir para vivir, lo que algunos llaman eternamente.

De alguna manera comenzamos a morir desde que nacemos, o inclusive unos meses antes, pero deberíamos preocuparnos más por vivir cada segundo, que por esa cita que de manera evidente cumpliremos con la muerte.

Me gusta una frase: «Todos quieren ir al cielo, pero nadie quiere morir». De seguro vivir, con todo lo que ello implica, es nuestra real misión y responsabilidad. Es nuestra única misión. La razón por la cual nacimos. La muerte siempre será un agradable misterio por descubrir.

Tal vez este libro pueda dar algunas pistas.

Mientras terminaba aquella inesperada charla, Pascual pudo analizar con cuidado ciertos detalles de su interlocutora. Al igual que él, era una mujer bastante joven, hermosa, de facciones suaves, tez blanca y abundante cabellera, que hacían resaltar aún más su belleza natural.

Sus ojos recordaban al azul profundo del cielo en una tarde de caluroso verano, de esos veranos tan comunes y a la vez tan extraños en nuestras tierras tropicales. Tardes aquellas en que las nubes blancas suelen desaparecer y las nubes grises son solo prueba de que el tiempo, como la vida, son cambiantes e impredecibles.

Resultaba imposible no perderse en la profundidad de esos ojos y querer en un momento ahogarse en ese mar que parecían reflejar.

Sus labios rojos, carnosos, perfectamente delineados, eran labios que todos al verlos desearían besar, pero que solo unos pocos tendrían la fortuna de hacerlo. Ese rojo profundo que parece no necesitar de un labial o de un brillo para seducir, ese tono que entre más es besado más perfecto se torna. Ese rojo que recuerda atardeceres, que recuerda flores, que recuerda sangre derramada y muerte.

El cuerpo de la mujer, proporcional a su mediana estatura, denotaba unas formas sensuales y atrayentes. El joven la miraba fijamente a los ojos y pensaba que, si su interlocutora lo deseara, bien podría dedicarse a actividades más lucrativas y en las que su cuerpo y rostro serían muy bien recibidos. Actividades que despiertan los sentidos, la imaginación, el deseo, en la que algunos mueren por un cuerpo observado en una pantalla, al cual nunca podrán tocar, ni oler, ni descubrir la humedad, sus olores y sabores, menos poder determinar si los gemidos escuchados son reales, o producto de una gran actuación digna de algún reconocimiento cineasta.

—Todo lo que me has dicho hasta ahora es fantástico. Parece que en unos años el Chevette y las preocupaciones serán cosas del recuerdo. Pero dime, ¿qué hay de mi muerte? —Interrogó el joven taxista, consciente de que la respuesta que escuchara podría no ser de su agrado.

—No te preocupes por tu muerte —contestó ella con una condescendiente sonrisa—. Vivirás muchos años y antes de morir se sucederán todos los hechos que hoy te he anticipado. Veo que morirás tranquilo y relajado. Siento que no sufrirás ni te darás cuenta de su escalofriante llegada. La muerte cumplirá su cita contigo de forma callada, silenciosa, pero a la vez certera y contundente. No la sentirás venir, pero sabrás que ya estás en sus brazos. Probablemente morirás en tu habitación y cuando despiertes, sin duda notarás que ya no estás en el mismo lugar donde te quedaste dormido.

Pascual se retiró tranquilo. Entre sonriente y optimista, pero moderado y aún algo incrédulo sobre todas las cosas buenas que había escuchado. Después de todo, no había resultado tan mala la idea de ir a donde la bella joven de la que tanto hoy se hablaba en el pueblo. Esa mujer que parecía embrujar con su mirada y poder ver con ese bello rostro el destino y el futuro de quienes la visitaban.

Mientras lo veía salir de la habitación, la mujer de los ojos penetrantes reflexionó:

—Sí, amigo mío, morirás en muchos años. Pero tu muerte estará teñida de un color rojo encendido y olerá a loca pasión, exquisito licor y penetrante perfume.

CAPÍTULO 2

Así que esto era morir. Siempre se había imaginado algo muy diferente. Esperaba un largo túnel blanco, una voz celestial que lo guiaría en su camino hacia el más allá y unas siluetas conocidas que de lejos lo animarían a terminar de recorrer ese imaginario sitio y le impedirían volver. Pero ni el túnel, ni la voz, ni las siluetas aparecieron. Sin embargo, se sabía y se sentía muerto.

No apareció la añorada figura materna para dar la mano consoladora e invitar a seguir avanzando, tampoco la figura paterna que, con un grito, ordenara pasar ese curioso túnel. De hecho, tampoco había una luz blanca que, acompañada de arpas y coros celestiales, diera algún indicio de que la existencia terrenal había terminado y que era el momento de trascender.

Tampoco encontró un puente adornado por un arcoíris, para pasar y encontrarse con sus amadas mascotas de la niñez con nombres tan peculiares como Nerón, Shester, Coco o Nutella. Ni uno solo de esos bellos animales salió a recibirlo batiendo la cola para guiarlo a vivir eternamente con los que, sin duda, en vida, habían sido sus mejores amigos.

No cabía la menor duda de que la noche anterior había sido asesinado. Ya se había dado cuenta del lamentable estado de su cuerpo y de su nueva y actual condición. Luego de estar durmiendo plácidamente y de haber ingerido unos deliciosos tragos y de haber sostenido la que se convertiría en su última relación sexual con una mujer, un estruendo lo *despertó*. En realidad, ese estruendo lo mandó a dormir para siempre, cambiando su estado de un hombre ebrio y medianamente satisfecho, a un simple cadáver con una profunda perforación en su cabeza. Su cerebro, antes pensante, se encontraba ahora inerme y regado sobre la almohada, lo que demostró por enésima vez que hay cosas que siempre deberían permanecer en su lugar y que, al ser removidas de su sitio natural, dan lugar a espectáculos grotescos y francamente desagradables.

Curiosamente solo él había escuchado el disparo. Curiosamente solo él, el muerto, había sentido un sonido ensordecedor, un sonido que retumbaba aún en su cabeza o más bien, en lo que quedara de ella. Más adelante, descubriría que un buen silenciador acallaba profundamente el sonido del arma asesina y que era el complemento perfecto cuando no se quiere dejar huella o mucha evidencia de la comisión de un hecho que se pretende ocultar.

Sentía tristeza, de sí mismo, al verse allí tirado cual perro callejero, recién atropellado por algún hijo de puta que de manera consciente le tira el carro encima a un pobre animalito que ha sufrido toda la vida frio, dolor, hambre y el desprecio de esa raza humana de dos patas que se supone *mayormente civilizada*.

Recordaba ahora esos seres humanos que abundan en nuestras populosas ciudades y a los cuales les damos diferentes, pero siempre, despectivos nombres y que solemos ver en algún rincón botados, sin que parezca importarnos: habitantes de la calle, desechables, los menos afortunados y favorecidos, los precarios, los sin nada, los que para algunos nacieron para ser pobres porque la pobreza es necesaria para mantener el equilibrio social. Pascual no tenía claro cual nombre les había dado en vida, pero estaba seguro de no haberles dado un trato despectivo en su existencia mortal.

Habitantes de la calle, como si la calle fuese un lugar válido y acogedor para vivir; desechables como si acaso los seres humanos se pudieran reciclar, separar del resto de congéneres de su especie y simplemente dejarlos a un lado pretendiendo ignorar su tragedia y su suerte; los menos afortunados sin duda, porque no hay nada de fortuna en aguantar hambre o frío, o lluvia, o sol, o acoso o en recibir humillaciones. No hay nada loable en ser pobres o en vivir en la miseria, así algunas personas crean que la pobreza es un camino seguro para llegar al cielo y que cargar la cruz a cuestas, de manera resignada, es señal de segura salvación.

—Muchas son las veces en que los mortales ni siquiera son conscientes de su existencia. Hay realidades que es mejor pretender no ver, porque el hacerlo deberían herir la consciencia, el alma y el corazón —reflexionó.

Ahora él se veía a sí mismo muerto, ensangrentado, convertido en una masa inerte que minutos antes era un cuerpo. La cabeza estaba destruida, y el blanco de la almohada teñido con el rojo de su sangre.

El tono natural de la piel, había dado paso a ese blanco sin vida que evidencia la muerte. Tenía frío, quería colocarse una ruana, un abrigo o tomarse algo caliente, pero estaba seguro que en su estado actual esa era una necesidad imposible de satisfacer, y que ese frío, de seguro, no se le quitaría en mucho tiempo.

—¿Cuánto tardarán en limpiar ese desorden? —se cuestionó asqueado sin dejar de contemplar su cuerpo de aproximadamente 1,75 metros de estatura que al paso de los años seguramente se había reducido a 1,70. Lo adornaba un prominente estómago como evidencia de su vida sedentaria, alimentación abundante y algunos desórdenes vividos. Barriga de hacendado que Pascual consentía todos los días de la vida y acariciaba con delicadeza y cuidado como si fuera la depositaria de una vida por nacer y no de un exceso de grasa, a la cual, por demás, ya estaba acostumbrado y luchaba muy poco contra ella.

Ese cuerpo que algunos consideraban casa de Dios ahora estaba yerto y sin lugar a dudas comenzaba a enfriarse adquiriendo esa rigidez cadavérica que caracteriza a los muertos. Se preguntaba ahora si en esa casa todavía habitaba Dios o si también había salido corriendo con el disparo, como parecía haberlo hecho su alma, espíritu, fantasma o lo que fuera su condición en ese momento.

Pensaba que, muy seguramente, solo hasta el otro día la mucama encontraría el cuerpo sin vida y comenzaría el *show* de gritos, asombro, lágrimas, titulares de la prensa amarillista y claro, para finalizar el espectáculo, el dictamen de medicina legal.

El médico forense luego de abrirle lo que no le había quedado por el tiro al descubierto, llegaría a la sabia conclusión de que había muerto desangrado por un disparo en la cabeza y que era difícil seguir viviendo cuando la masa encefálica ya no se encontraba en el lugar en el que se supone debe estar. Se establecería con mediana certeza la hora de la muerte y probablemente podrían llegar a determinar que había tenido relaciones sexuales, previo al homicidio. En otras palabras, podrían establecer que se había echado su último polvito, minutos antes de morir.

—¿Será que me encontraré a alguna fantasma *buenona*? —pensó Pascual. Alguna con la cual poder satisfacer esos instintos primarios y animales, que a él le encantaban y que le eran tan necesarios

Le molestaba imaginar cómo abrirían su cuerpo; sin duda le robarían algunos órganos utilizables y si su familia no estaba pendiente, con seguridad, le sacarían los ojos, dejándolo además como un fantasma ciego.

Lo tranquilizaba, eso sí, el pensar que sus órganos robados serían vendidos al mejor postor, permitiendo que alguna vida se salvara y que, en cierta forma, la suya propia, ahora extinguida, se prolongara en la existencia de otras personas. No aspiraba a vivir eternamente, pero le causaba una gracia sarcástica imaginar a sus órganos sobreviviendo a la muerte en los cuerpos de personas que de seguro nunca conocería.

No creía que todos sus órganos fueran útiles, pero sin duda algunos serían usados. Y de otros que funcionaban a la perfección hasta ahora, a pesar del paso del tiempo y en contra de las estadísticas, no existían trasplantes; así que de seguro los mantendrían en su lugar. Con el frío del cuerpo y del alma, esos órganos, fieles amigos de batallas vividas en diferentes campos, debían estar reducidos a una mínima expresión. A un tamaño y forma tan lamentable que casi sentía algo de pena

por el estado actual de aquello que en vida se sintió muy orgulloso. Veía con tristeza su cabeza cubierta de canas y con su gran calvicie central que
lo hacía asemejar a los viejos monjes capuchinos,
perforada y llena de sangre. Sin embargo, sus canas ya no eran blancas, se habían teñido del color
de la sangre y de la muerte.

Suponía de antemano la *exhaustiva investigación* que se llevaría a cabo tras los hechos acontecidos y la cual seguramente no daría mayores resultados. Era muy consciente de que sería noticia
de todos los titulares de prensa, y que en un par
de meses ya nadie recordaría su caso. Había que
recordar claro, a los herederos de su no insignificante fortuna y al dueño de esa mano asesina que
de un disparo hizo terminar de mala manera lo
que hubiera podido ser una noche anecdótica de
tragos y un aceptable sexo.

Algo de su nueva condición le parecía curioso
y era el pensar que los fantasmas podían leer las
mentes, saber lo que sucedió en un determinado
instante, conocer el pasado, el presente o el futuro
y por ende ser omnipotentes.

Siempre había creído que en cierta manera los
fantasmas eran dioses, pues hasta donde sabía,
ningún fantasma se había muerto; se movían por

donde querían, le jodían la vida y *se la montaban* a algún simple mortal que les caía mal y además podían viajar por el espacio y el tiempo entendiendo así los misterios de la vida, de la muerte y del más allá.

Sin embargo y para su decepción, estos primeros minutos en su nueva condición le dejaban en claro que no era así. Que la omnipotencia y la omnipresencia eran algo destinado a algún ser superior que por ahora no se había hecho presente para llevárselo a ningún lado y que su condición fantasmal no le brindaba muchas opciones adicionales, o por lo menos estaba por descubrirlas.

Después de todo, la muerte, como la vida, exige aprendizaje y suele suceder que nos morimos cuando apenas estamos aprendiendo a vivir y de seguro ahora era necesario aprender a vivir estando muerto.

Para ser un fantasma, como creía entender que era su condición actual, sus posibilidades eran bastante limitadas. Se sentía confundido, aturdido, conmocionado y si no fuera por lo estúpido que todo esto le resultaba, hubiera afirmado que el disparo le había ocasionado un terrible dolor de cabeza y que sería bastante prudente tomarse algún calmante.

En ese momento y al irse haciendo más consciente de su nueva realidad, se sintió francamente cansado; percibió que su cuerpo, sí tenía cuerpo, temblaba; que sus piernas, si tenía piernas, desfallecían, y se sentó asustado a meditar, si es que los fantasmas pueden hacerlo. Lo invadieron unas terribles ganas de llorar y lo hizo, aunque sin sentir las lágrimas rodar por sus mejillas, como describen los poetas. Sabía que lloraba por alguna tenue humedad que aparecía en el suelo de su nueva habitación.

Y no le molestó llorar. Por alguna estúpida razón que él siempre había cuestionado, la muerte causaba siempre dolor y lágrimas y, después de todo, él, estaba allí, sentado sin estarlo, llorando su propio e injustificado crimen.

Era irónicamente su primer y, sin duda alguna, su más honesto doliente.

Si los fantasmas duermen, es ese momento quiso dormir con la lejana esperanza de que al amanecer lo hiciese en su cama, con sus sesos en su lugar y en los brazos de alguna hermosa mujer hermosa que de manera apasionada lo despertara de esa terrible pesadilla y le recordara que algo delicioso de vivir, es *culear*, perdón, es hacer el amor.

CAPÍTULO 3

La muerte de Pascual Pérez fue noticia en todos los diarios del país. Desde los serios y formales hasta los amarillistas y rojos; francamente, amantes del escándalo dedicaron titulares y párrafos a informar el hecho de la muerte del acaudalado industrial.

Algunos, los más sensacionalistas, acompañaron la noticia con fotografías del momento en el que el cadáver era sacado de la casa en una camilla, cubierto en sábanas blancas, que parecían tener algunos tintes rojos, que se convertían en curiosos círculos y la hacían asemejarse a los vestidos de los payasos o de algún pregonero ocasional de restaurante barato.

Las imágenes de los noticieros repetían el momento en el cual el cuerpo era introducido en un carro judicial y trasladado a medicina legal para poder dictaminar la causa de su muerte.

Se veía de todo, rostros conocidos y también muchos desconocidos. Los típicos curiosos que se paran a mirar por horas, junto al lugar en donde ocurren los accidentes o muertes violentas, con la esperanza tal vez de apreciar de cerca los últimos movimientos reflejos del muerto; otros, que conservaban la ilusión de ser testigos de primera mano, del momento en el que el difunto se levantara y saliera corriendo del lugar. De seguro algunos esperaban que Pascual se llamara Lázaro y se levantara, saliera caminando y aprovechara de paso a hacerle pistola a tantos chismosos y sin oficio. Muchos claros se tomaban *selfies* y hacían transmisiones en vivo por Instagram o Facebook para reportar en directo la noticia del momento.

Pocos en verdad pretendían acompañar en su dolor a los dolientes del fallecido, que afligidos, paso a paso iban llegando.

Se iniciaba así ese espectáculo desgarrador de gritos, dolor y muerte. Algunos gritos reales y sentidos, otros que como las voces que desafinan, simplemente se querían unir al coro y hacer notar su presencia, su solidaridad y su dolor.

Los periódicos más formales y serios solo mostraban en la información una foto tamaño documento de aquellas que la mayoría de los hombres suele cargar en su billetera. Lo cual prueba que para poder aparecer en los periódicos hay que ser famoso, ganarse una medalla, estafar al Estado, ser corrupto, salir en bola a la calle, cascar a alguien o, en su defecto, estar muerto y sin poder ser testigo de ese instante de gloria, oportunidad única para la gran mayoría, en el que todos saben de uno, por una sola vez en la vida.

La prensa describía la forma como su fiel mucama, doña Teresa, había encontrado el cuerpo semidesnudo y bañado en sangre, al entrar a la habitación con una llave que su señor le había dejado por si algún día —como decía él— le daba un paro cardiaco y amanecía muerto como un perro y más tieso que el pan francés después de unas horas de horneado. Pascual siempre bromeando le expresaba:

—Teresita si me encuentras en bola, me cubres mis partes nobles, que no han sido tan nobles. —Y soltaba una sonora carcajada y ella solo se sonrojaba.

En ese momento no había tenido la oportunidad de cubrir nada porque la escena dantesca con la que se había encontrado, solo le había dado el tiempo suficiente de emitir un agudo y escalofriante grito que puso de pie a la mitad de los ocupantes de la mansión.

Realmente, los huéspedes de la mansión eran uno que otro empleado y en ocasiones familiares, amigos, amigas o amantes que venían con cierta frecuencia a disfrutar de la atención, los modales y el refinamiento de don Pascual.

Las amantes venían, no tanto a buscar refinamiento, sino más bien a despertar y a disfrutar de ese lado salvaje que el buen hombre tenía, a buscar y encontrar en Pascual las atenciones y la pasión que no recibían de sus muy formales, distinguidos y bien puestos maridos y novios; *polvos de cinco minutos* los llamaba Pascual y dejaba escapar otra de sus geniales carcajadas.

Pascual siempre se ufanaba de su condición humana y de su doble naturaleza: divina y humana; de ser bueno de nacimiento y de ser malo donde debía serlo. Sonreía trayendo a colación la vieja lucha entre el bien y el mal. entre el *yin* y el *yang*, que todos llevamos dentro. Así algunos se empeñen en solo dejar florecer una de las dos fuerzas o en pensar que son totalmente buenos o definitivamente malos. Por lo demás, él consideraba todo esto estúpido y propio de sociedades moralistas y retrógradas como la nuestra. Entonces pronunciaba un discurso filosófico, en donde comparaba nuestra cultura, religión y formas de vivir socioculturales con las de los países desarrollados, y siempre llegaba a la sabia conclusión de que toda la culpa la tenían los curas por su pensamiento retrógrado y formación basada en castigos y pecados. Arremetía contra Cristóbal Colón por habernos llenado de la peor escoria de Europa y, por supuesto, de nosotros mismos por mantenernos siempre jodidos y subyugados y no hacer nada al respecto.

El Señor Pérez se consideraba uno de los pocos nacionales en vía de evolución y desarrollo mirando con sonrisa condescendiente a aquellos que vivían según los preceptos que les señalaban otras personas, algunas religiones y contradictorias normas.

Pascual amaba su imperfección humana, no tenía aspiraciones a trascender o a formar parte del santoral de alguna religión. Pensaba que dejaría un legado diferente a preocuparse por pecar o por irse al infierno, por pasarla bien.

La prensa sensacionalista ventilaba los posibles móviles del crimen. Se hablaba de que era factible un suicidio o un crimen pasional; señalaron a su exmujer o algún esposo celoso que con la complicidad de algún empleado mal pagado, hubiese ingresado a la mansión y realizado la obra macabra.

Otros afirmaban que su ex esposa tenía como amante a alguno de los empleados y simplemente quisieron tomar rápidamente el beneficio de la herencia.

Entre conocidos y amigos se rumoraban todas estas versiones y muchas más. Para algunos, el móvil era económico y de robo, pero lo curioso es que ni siquiera una pluma había sido movida del lugar en el que siempre había estado. Se hablaba de una guaca dejada por sus antepasados; otros afirmaban, con seguridad, que el viejo andaba en malos pasos y esa era la razón por la cual le iba tan bien en sus negocios y que seguramente la mafia le había cobrado alguna deuda pendiente.

Es curioso. Si don Pascual hubiera estado presente se habría revolcado en su tumba. Era de ese grupo de personas a los cuales les molestaba francamente cuando alguien se siente con la libertad de buscarle explicaciones a alguna enfermedad, a alguna catástrofe o a alguna muerte. Siempre había sentido asco de los que explicaban una enfermedad como un castigo de Dios, una catástrofe como algo anunciado o una muerte como que se lo habían buscado por *andar en malos pasos*.

Pascual estaba seguro de que aquellos malos pasos que muchos se sentían con la libertad de señalar y juzgar, eran en realidad los mejores y más locos momentos de la vida y que, sin lugar a dudas, hasta en el más allá se acordaría de ellos.

Las noticias terminaban con la imagen del fiscal que anunciaba con voz solemne y casi entrecortada una *exhaustiva investigación* para que la muerte de un honorable ciudadano, que tanto bien le había hecho a la comunidad, no terminara impune.

Como era de esperarse, los funerales de don Pascual fueron el sitio de reunión de lo mejor y de lo peor de la sociedad; de los que lo quisieron y apreciaron y de aquellos que no podían creer que por fin estuviera *acostado para siempre*. Entre los presentes se encontraban sus grandes amores; su esposa y fiel mujer, al menos hasta que por cansancio decidió no serlo tanto; sus amados y diligentes hijos; sus grandes amigos, sinceros y no tan sinceros, como también en un lugar lejano, no a la vista de todos, sino oculta de los medios y sus cámaras, del compromiso social, casi invisible, Teresa, quien se apoyaba en los brazos de un apuesto hombre, de mediana edad, que le susurró:

—Vámonos mamá. Dejemos que el viejo descanse en paz.

Casi todo el pueblo estaba presente. Demasiados curiosos y chismosos, que simplemente querían poder manifestar que habían acompañado a don Pascual hasta su última morada.

Y más allá, como testigo invaluable de todos los acontecimientos, conocedor como ninguno de todas esas personas, se encontraba don Pascual, quien llegó a la conclusión de que ya no se despertaría, de que los sesos no volverían a su lugar y que de verdad estaba definitivamente muerto.

En ese momento, lo que más le ocasionó tristeza no fue el saberse muerto sino el poder, en su nueva condición, empezar a conocer realmente a algunas personas, sus pensamientos y algunas actitudes que distaban mucho de ser las que mostraban en aquel pomposo, pero, a la vez, decepcionante funeral.

Conocer el corazón y los pensamientos de algunos le generó un sentimiento de asco, unos deseos de poder vomitar, pero no la última comida digerida, sino de poder vomitar la hipocresía y la falsedad con la que muchos viven su vida.

CAPÍTULO 4

Don Pascual pudo ver toda la ceremonia, las lágrimas reales, y las menos reales, los llantos y sollozos, las sonrisas ocultas y los asentimientos callados.

Observó atento el desfile fúnebre con una fila interminable de vehículos que lo acompañaban a su última morada. Como es común en las ciudades pequeñas, muchas motos acompañaron el desfile fúnebre. La cantidad de flores y arreglos funerarios todos marcados con hermosas *cintillas*, algunas con dedicatorias poéticas y hermosas, todas, eso sí, con el nombre de las personas que las habían enviado. Por alguna razón, los funerales son de esa clase de compromiso social del cual resulta imposible zafarse y a los cuales resulta francamente mal visto no asistir; por aquello de que hay que acompañar a las personas en las buenas y en las malas.

Pascual en vida odiaba los funerales y si hubiese podido evitar estar en éste, sin lugar a dudas alguna buena razón se habría inventado. Era de los que prefería enviar un pomposo y vistoso arreglo floral y esperar un tiempo prudente a que la familia asimilase la terrible noticia. De ser posible y aprovechando las nuevas tecnologías, un mensaje por WhatsApp podría evitar la molestia de tener que ir a velorios y entierros a llorar los muertos de otros y a expresar sentimientos de solidaridad, muchas veces ajenos a la sinceridad y a la verdad.

Pero era claro que ese curioso desfile lo encabezaba una carroza que llevaba un muerto y que el muerto era él.

Vio cómo su ataúd era colocado en el lugar que permanecería por mucho tiempo, hasta que lo sacaran para darle espacio a un cadáver más fresco.

Por suerte y en vida, había tenido la precaución de comprarse un hermoso lote para que su cuerpo descansara en paz y los gusanos se alimentaran a gusto.

Esta imagen de su cuerpo en descomposición siempre le había impactado y asqueado. Le molestaba en vida y ahora, después de muerto. Siempre se había preguntado si de alguna curiosa y maquiavélica forma, el espíritu, el alma, el éter o como se llame lo que queda cuando morimos, era consciente de ese proceso natural, pero horrendo, de descomposición. No dejaba de sentir tristeza al pensar que su cuerpo, del cual, tan buen o tan mal uso, según el punto de vista, había hecho, terminara convertido en plato a la carta de una especie inferior.

Igualmente había dado siempre la instrucción de no ser cremado. La idea de no estar bien muerto y de que pudiera ser consciente en cuerpo o en alma de ser chamuscado en vida, le aterraba mucho más.

Para su alivio, comprobó que su espíritu —él en su calidad fantasmal—, no era para nada sensible de lo que sucedía a partir de ahora con su cuerpo y que solo si se animaba a visitar el interior de la tumba, podría ver lo que allí dentro pasaba. Pero obviamente, él no estaba interesado en hacerlo; en realidad sus preocupaciones y pensamientos estaban muy lejanos de su inerte cuerpo.

A medida que se fue acostumbrando a su nueva condición y que se adaptaba a ella, borrando de su mente, si tenía una, la imagen de la almohada y de su habitación, comenzaba a sentirse un poco más cómodo con su nueva *forma de vida*.

Resultaba conveniente no tener sed, hambre o no estar con el estrés de la rutina diaria. Extrañaba un *whiskicito*, el sonreír por algo, el placer del agua que lava el cuerpo bajo la tibia ducha o el contacto suave de la piel de alguien.

Curiosamente, a pesar de no tener nariz, sentía perfectamente ciertos olores y otros los extrañaba con desespero: el olor de su perfume, el de un plato exquisito bien preparado sobre su mesa, el del cuerpo de una mujer desnuda o el simple olor de la ciudad. Ahora, por alguna extraña razón, en su sentido del olfato, o lo que fuera que le permitiera oler, lo que más imperaba era el olor a pólvora y a silencio.

Sí. Comenzaba a descubrir que el silencio tiene olor, y tiene sabor, y tiene tacto, y que a la vez escucha y también habla. Comenzaba a entender que el silencio en ocasiones puede ser más ensordecedor que el ruido mismo; y que cuando todo lo que queda es silencio, cuando se está en todo sin que nadie note la presencia, el silencio cobra vida. De hecho, el silencio era su vida. Ahora le otorgaba valor y sentido a la meditación, a ese encontrarse consigo mismo que muchas corrientes pregonan. Le resultaba claro que no todo es ruido, gritos, sonidos, sonrisas, carcajadas, gemidos o llanto. Entendía muy bien que el silencio también es vida si se le aprende a escuchar y a entender.

En esos momentos no estaba muy seguro de que la eternidad en silencio fuera una expectativa muy agradable. En ocasiones se asomaba desde su espacio y trataba de encontrar el túnel, la vocecita y las figuras, pero ni el maldito túnel, ni la suave vocecita ni las aladas figuras aparecían por ningún lado. Por momentos deseaba que se le presentara otro fantasma, ojalá y en forma, de una fantasmita bien hermosa y comprobar si los fantasmas pueden tener malos pensamientos y realizar malas acciones, pero no aparecía nada y al decir verdad, muy seguramente, se pegaría un susto del carajo si alguien le hablara y pudiera escucharlo por muy parecido a Marilyn Monroe que fuera.

Su nuevo hogar era todo y era nada; las cosas parecían estar flotando y comenzaba a extrañar la sensación de seguridad que le daba el suelo firme de la tierra, esa tan llena de maldad y de injusticia. Esa que debería ofrecer oportunidades para todos, pero que está tan llena de exclusividades y por ende de exclusiones. Esa tierra en la que unos viven y otros sobreviven, pero en la que al final, todos morimos.

Con una mirada podía ver el infinito, las estrellas, el azul más hermoso o la más tenebrosa oscuridad. Podía afirmar que estaba y no estaba. Que existía, pero no era nada. Comenzaba a entender que se encontraba en un lugar que lo era todo y parte de la nada y en donde él era una minúscula e inexistente partícula en esa inmensidad.

Dirigió su mirada hacia lo más lejano que podía ver y, aunque pudo notar una estrella fugaz surcando el horizonte, sintió una gran tristeza al darse cuenta que el camino esperado no aparecía por ningún lado y que su destino, como ese camino añorado, parecía estar, al menos por ahora, oculto para él.

CAPÍTULO 5

Como suele suceder en muchos países, las exhaustivas investigaciones, terminan, claro, pero archivadas. No se pudo hallar el arma homicida, no se encontraron huellas que no debieran estar allí, tampoco un móvil, ni siquiera un sospechoso.

Las personas que estaban en la mansión en el momento de la muerte tenían una buena coartada y la pobre mucama, doña Teresa, pudo comprobar que, a pesar de tener la llave de la habitación, siempre dormía con ella y los estudios de balística la descartaron como la persona que hubiera podido disparar el arma homicida, y que los únicos restos que tenían sus manos eran de cebolla cabezona, comino y color muy propios de sus labores diarias en la cocina.

Por la posición del cuerpo y del orificio de entrada y salida del proyectil, se descartó un suicidio, pues en realidad don Pascual habría tenido que ser un avezado contorsionista para poder disparase de esa manera. Además, el arma homicida se habría encontrado junto a su cuerpo, exceptuando que algún fantasma se la hubiera llevado, y obviamente los fantasmas no existen. O al menos eso creía el viejo hasta que se convirtió en uno.

En conclusión, la investigación y su expediente terminaron en un archivador. Con el paso de los meses la noticia fue olvidada y luego de algunas peleas públicas por temas herenciales que se solucionaron tras el pago de unos justos honorarios a un par de abogados de apariencia honesta y prestante, el tema de la muerte de don Pascual dejó de ser importante. Era lógico; en este país mueren políticos, mueren guerrilleros, mueren paramilitares, mueren campesinos, mueren esposas, mueren esposos, mueren niños, mueren estudiantes, mueren borrachos, mueren policías, mueren atracadores y también mueren portentosos industriales por causas misteriosas todos los días.

Claro que, si les meten un balazo en la cabeza, es natural que se mueran, pero habría sido más natural el poder seguir viviendo hasta el día señalado en el que murieran de un paro cardiaco, de muerte natural que llaman. Pero de seguro el día señalado en los homicidios es el correcto y a esa cita se llega muy puntualmente.

CAPÍTULO 6

El desarrollo del proceso investigativo no solo era seguido por los periódicos, por la familia, por el selecto grupo de amigos y por sus asesinos, sino que también era visto con sumo interés por don Pascual.

En vida no había sido un consumado lector. Su biblioteca de pared a pared, elaborada en finas maderas cuidadosamente lacadas estaba colmada de libros, en su mayoría colecciones completas, que por su excelente estado daban fe que de seguro habían sido muy poco aprovechadas.

Ahora, sin embargo, madrugaba a los kioscos capitalinos a leer las noticias judiciales a ver qué novedad aparecía. Tampoco había sido amigo de visitar juzgados y fiscalías. De hecho, esa labor se la dejaba a su abogado, quien por demás la ejercía bastante bien, hasta donde tuvo conocimiento don Pascual. Visitaba esos lugares para poder revisar periódicamente el expediente 2004220600031 con el cual había sido radicado su caso.

Al notar lo poco que avanzaba su proceso entendió que después de muerto uno vale huevo y que en el mejor de los casos pasa de ser número de expediente a número de lápida en un cementerio.

Don Pascual fue testigo presencial de las diligencias realizadas. De hecho, estuvo presente en ellas y pudo ver que su fiel mucama Teresita, su fiel jardinero Marco Antonio, su servicial celador Carlos Mauricio y otro pequeño grupo de familiares y amigos, ya no tan fieles, eran interrogados y exhaustivamente contra interrogados por los diligentes investigadores, para luego llegar a la conclusión que no tenían nada que ver con los hechos. Ninguna evidencia pudo vincularlos como sospechosos.

El viejo no pudo evitar soltar una sonora carcajada cuando luego de practicada la prueba de balística, el técnico pericial, solo susurró al fiscal encargado:

—Si esta señora ha disparado un arma, yo soy Al Capone. Lo único que le encuentro en sus manos es un olor a cebolla, *ni el hijueputa*.

Pascual sonreía porque aquello ratificaba una vieja teoría machista suya. Él estaba convencido de que las mujeres que se dedican al hogar, a ser amas de casa, con el paso del tiempo iban adquiriendo en sus manos una coloración rojiza muy propia de ciertos condimentos como el comino y la pimienta, entre muchos otros, y que su aroma y olor cada día se va asemejando más al de la cebolla y al ajo, ingredientes indispensables de los guisos que tienen que preparar todos los días de sus tristes y repetitivas vidas.

Pascual solía molestar a Teresa con ello:

—¿Sabes por qué los hombres casados somos infieles? —solía preguntarle para molestarla—. Porque mientras la mujer huele a cebolla, las amigas huelen a finos perfumes —se contestaba él mismo en medio de carcajadas, mientras observaba la mirada de furia de la fiel empleada.

Pascual estaba convencido que esa era la verdadera razón de la liberación femenina y de que las mujeres ahora le tuvieran pavor a la cocina y a las labores del hogar. Estaba seguro que en su inconsciente querían oler toda su vida a un delicioso perfume y alejarse lo más posible al olor a ajo y cebolla.

Ahora al mirar desde el más allá la divertida escena, solo atinó a comentar:

—¿Lo ves Tere? Sí olías a cebolla. —Pero su tono ya no sonaba divertido y burlesco, sino nostálgico y algo triste.

Teresa tenía una teoría diferente con respecto a la infidelidad masculina, muy lejana al tema de la cebolla. Ella pensaba que, con el paso de los años, todo en los hombres se va encogiendo y que ellos tienen la necesidad imperiosa de demostrarse a cada momento que siguen siendo los mejores en ciertas lides íntimas, a pesar de ciertas carencias, que en algunos casos suelen ser más que evidentes y que con el tiempo se complican aún más.

Esa teoría de Teresita no le gustaba mucho a Pascual, que cada cierto tiempo solía tomar una regla y verificar que el tamaño de su herramienta no estuviera teniendo alguna reducción significativa, digna de preocupación o de un factible trasplante.

Siguiendo el proceso, no fue novedad que su caso se archivara. Tampoco fue para nada sorpresa que la fiel mucama saliera limpia en la investigación. Realmente a la única persona a la que Pascual le hubiera confiado el secreto más grande o su bien más preciado, incluyendo su vida, hubiera sido a esa mujer.

Al ver todo lo sucedido, don Pascual lamentó profundamente que su muerte les hubiera ocasionado tantos problemas a las personas que realmente le fueron fieles y lo quisieron toda la vida. Pero lo lamentó más profundamente por su querida y amada Teresa, la mujer que más amó en la vida y la que le dio la mayor alegría que pudo tener en mucho tiempo.

Cuando Tere oculta sollozaba en su cuarto al ver las actitudes, pleitos y peleas en que terminaba la repartición de los bienes de don Pascual, por los cuales él se había, como siempre decía, partido el culo toda la vida, Pascual quiso abrazarla y darle un tierno beso en la frente, para descubrir con tristeza que terminaba tan solo abrazando al viento, abrazando a la nada y que el beso se quedaba en un movimiento imperceptible que la buena Teresita no alcanzó a sentir ni a disfrutar.

La mucama lloraba y susurraba:

—Ojalá estuvieras acá viejito mío y pudieras ver la bajeza de las personas que decían quererte y que supuestamente siempre estaban contigo. Sé que los mandarías al infierno como tantas veces lo hiciste en vida. Sé que contigo no se meterían porque te tenían respeto y miedo, pero yo, viejito, huelo a cebolla, y no soy nadie.

Y en ese instante don Pascual abrazó de nuevo al viento y le contestó a aquella persona que intentaba apretar con cariño:

—No te preocupes, cariño. En su momento, los mandaremos a todos a la mierda.

CAPÍTULO 7

Cuando se ha tenido cierto nivel de vida y algunas posibilidades, el dinero suele perder la importancia que tiene para la mayoría. Cuando la vida está garantizada y el futuro de un par de generaciones futuras también, el dinero ya no es motivo de preocupación sino tan solo la consecuencia de decisiones bien planeadas, de procesos ejecutados o de una pericia natural para los negocios única.

Solamente se piensa en el dinero cuando no se tiene de manera suficiente o cuando la ambición aparece y se quiere tener más.

Al momento de su muerte, don Pascual dejó una industria consolidada. Era dueño de un par de rutas de transporte intermunicipales y de más de la mitad de los taxis que prestaban el servicio local en la ciudad.

Su flotilla de taxis era famosa no solo por ser la más grande de los alrededores y por la amabilidad de sus conductores, cosa en la que insistía siempre el viejo empresario, sino sobre todo por el color verde esmeralda con el que estaban pintados todos sus vehículos.

Pascual se opuso rotundamente a mantenerles el tradicional y casi universal color amarillo. Logró que le autorizaran pintarlos de verde, porque ese color, siempre decía, es el reflejo de la esperanza y del dólar.

Su buen olfato para los negocios le había permitido en pocos años convertirse en un acaudalado magnate del transporte que se daba el gusto de codearse con la alta sociedad y de ser socio de clubes exclusivos. Exclusivos por lo costoso de su membresía y también por lo discriminatorio de la admisión. Pero don Pascual era bienvenido en los altos círculos y se burlaba diciendo a voz entera lo que hace miles de años expresó Platón: —a un perro con plata le dicen don perro— y a él todo el mundo lo llamaba don Pascual. Aunque *don Pascual perro* o *el perro de don Pascual,* no hubiesen sido apelativos muy equivocados o lejanos a su realidad.

Así como era famoso desde joven por su capacidad para los negocios, por su visión para encontrar oportunidades en donde otros antes habían fracasado, así mismo era famoso por ser un mujeriego empedernido.

Sus romances conocidos y los menos conocidos, los abiertos al público y los ocultos tras la habitación lujosa de un reconocido motel, siempre fueron comentados. Él solía mofarse de las historias que se contaban y afirmaba que, ni eran tantas como se decía, ni tan pocas como hubieran podido ser, pero que al final de la lista siempre alguna anécdota se les había escapado. Y se reía sonoramente. Siempre lo hacía. Sonreía cuando fue conductor de un taxi viejo, cuando tuvo para comprarlo, cuando tras ese primero compró otros tantos, cuando negoció su primer bus o su primera ruta nacional. Se rio a carcajadas cuando logró pintar sus taxis del verde que quería y de paso quitarles ese horrible color de pollito chillón que todos tenían y que él tanto odiaba.

Se dice que su sonora carcajada causaba perplejidad en ciertas reuniones sociales en donde la pompa, la etiqueta y los comportamientos obligan. Sin embargo, era común, que saliera de esas reuniones a llevarse a la cama a alguna de esas mujeres de la alta sociedad, que saben mucho de palabras, mucho de moda, poco de moral y menos de conocer lo mejor de la vida y de cómo disfrutarla.

Don Pascual, como buen samaritano, se encargaba de en una noche ponerlas al día en asignaturas que tenían reprobadas a sus treinta, cuarenta y cincuenta años de vida; de ahí que todas esperaran en fila por las enseñanzas de tan noble y desinteresado maestro.

El dinero no le importaba al viejo. Era consciente que hoy tenía suficiente, que ayer pasó necesidades, pero que igual fue feliz; que en un mañana se iría sin llevarse un peso a la tumba y que el futuro de los suyos estaría garantizado. Presentía que cuando muriera algunos de ellos pelearían como fieras rabiosas para intentar obtener una mayor tajada de lo que él dejara.

Para don Pascual era claro que con el hecho de la muerte la gente se transformaba. Siempre traía a colación historias de familias conocidas y otras no tanto, que al morir alguien habían terminado enemistadas o en grandes pleitos judiciales y personales.

Él siempre afirmaba:

—Miren, muchachos, cuando uno se muere revuelcan hasta los colchones para ver si hay algún tesoro guardado. Cuando yo me muera, y como no es poco lo que queda, algunos de ustedes se enfrentarán, pelearán y tratarán de perjudicar al que sea más pendejo. —Y sonreía de nuevo y los demás solo negaban con la cabeza sorprendidos porque el viejo pensara así de ellos.

CAPÍTULO 8

Y el amado viejo murió, pero como el zorro astuto que siempre fue, tras su muerte les tenía preparada su última sorpresa. Cuando algunos sabuesos abogados, familiares y amigos comenzaron a manifestar sus derechos o a reclamar supuestas viejas deudas, no acreditadas o préstamos de confianza basados en las palabras *como le gustaba a don Pascual*, Serafino, su fiel escudero y abogado, anunció muy pomposamente que el causante había manifestado su voluntad testamentaria en vida; que por ende se debía acudir ante la autoridad competente en donde estaba registrado el testamento y proceder a la apertura y lectura correspondiente según los parámetros de la Ley.

El día de la esperada apertura del testamento, se dice que el despacho del Juez era un caos. Que ni siquiera cuando algún personaje famoso se presentó a ese recinto judicial, por algún desfalco millonario al Estado, se había visto a tantas personas pendientes a la expectativa o con ganas de curiosear en qué acabaría todo.

La sala de audiencias estaba abarrotada. El Juez, con su toga negra en símbolo de respeto y de autoridad, presidía la audiencia y miraba con atención esa cantidad de público presente en el lugar. Una cruz de tamaño mediano en la cabecera del despacho del juez parecía querer recordar que la justicia impartida, se hacía en nombre de Dios y que por lo tanto estaba blindada contra cualquier interés, engaño o fallo equivocado. Los dos hijos de don Pascual con su ex esposa María, encabezaban la lista de presentes. También lo estaban sus cinco hermanos, sus tres hermanas, el abogado de María, quien, aunque con el divorcio y en la separación de bienes había resultado sumamente favorecida, no descartaba que alguna buena sorpresa le hubiera dejado, su ahora, difunto ex marido.

El Juez permitió al abogado Serafino proceder a la lectura respectiva no sin antes explicar que el testamento podía ser impugnado si alguien que se considerara con mejor derecho que las personas beneficiadas así lo disponía. Sin embargo, les recordaba que el testamento realmente tenía visos de legalidad plena al haberse elaborado respetando las normas vigentes y no para darle por la cabeza a nadie.

En conclusión y tal como lo prevé la Ley, don Pascual testó sus bienes a favor de sus hijos. Claro que sí: para Carlos Antonio y Laura Camila, hijos de su matrimonio con María y además para Pascual Jr., el hijo mayor oculto por años y que había tenido cuando era un simple conductor de un Chevette viejo, muchos años antes de ser portentoso, famoso y reconocido.

Cuando se mencionó el nombre de los tres hijos, dicen las crónicas que algunos se pusieron pálidos, otros furiosos, que algunos susurraban que con seguridad el testamento era falso y que la mayoría se preguntaban: ¿Quién demonios era ese Pascual Junior del *cual nadie tenía noticia?*

Las sorpresas continuaron cuando la cuarta de mejoras se leyó en virtud de la ley. El viejo había decidido no asignarla y que entonces, el cincuenta por ciento de sus bienes, convertidos en lo que se llama cuarta de libre disposición, aquella que más expectativa había generado y que al menos la mitad de los presentes esperaba tener, fue otorgada a la fiel mucama Teresita.

Pasadas las revelaciones, el ambiente del recinto era extraño, como si un rayo hubiera aniquilado a los allí asistentes. Las caras de todos estaban transformadas y la astucia de don Pascual había dado un golpe de gracia a las ambiciones de los demás.

Algunos de los presentes sudaban, transpiraban. Todos intercambiaban sus miradas de sorpresa y de asombro. Sacaban sus pañuelos para intentar secar aquellas gotas de agua que lavaban sus rostros como prueba ineludible de su alteración física y de que algo no previsto, estaba sucediendo.

El único que sonreía, aunque no abiertamente, era Serafino. El abogado era fiel conocedor de toda la historia de su gran amigo y de hecho lo había asesorado para que dejara todas las cosas organizadas por si algún imprevisto pasaba.

Serafino miraba los rostros de la sala y los antes sonrientes se habían transformado en espectros andantes. Sin lugar a dudas, la mayoría ya maquinaban qué hacer para obtener algo. Y se imaginaba a su viejo amigo Pascual y juraba que en donde estuviera debía estar soltando una de esas famosas carcajadas, que él y la gente que en verdad lo querían extrañaban tanto. Evidentemente, así era. Junto al escritorio del Juez, una figura oculta para todos había sido testigo de excepción de la dantesca escena, y en aquel momento final, doblada sobre el escritorio, soltaba una sonora carcajada.

Pascual supo en ese momento que la risa, aún después de la muerte, seguía siendo un gran remedio para el alma. Y sonrió y su risa sonó tan fuerte que le pareció que lo había hecho toda una eternidad y que sus ecos se escuchaban hasta en el último rincón del universo.

Su carcajada limpiaba el alma y de alguna manera sentía que los restos de sus sesos y el olor a sangre y a muerte comenzaban a desaparecer de su fantasmal existencia.

CAPÍTULO 9

La historia de Pascual Junior se remonta cuarenta años atrás en los años mozos de don Pascual. En esa época él se desempeñaba como conductor de un taxi rayado, amarillo y viejo. Eran los años en que no tenía un peso en el bolsillo. En sus andanzas y por los designios del destino, conoció a una hermosa mujer de la cual se enamoró locamente.

Aquella hermosa damita era la esposa del patrón de Pascual, del dueño de su primer taxi. Y a pesar de los tiempos tan distintos aquellos, en que la gente se casaba para toda la vida, en que todo lo bueno era pecado y lo doloroso virtud, el viejo zorro, en esa época *cachorro de zorro*, logró conquistar a la jovencita y llevarla por una sola noche a la cama.

El problema surgió cuando pasadas unas semanas ella le comunicó que se encontraba embarazada y que estaba segura de que el chino era de él. Y en eso las mujeres saben porque saben. Si hasta las mujeres modernas y liberadas de hoy, aunque se acuesten con varios, conocen de quién es el chino que esperan o al menos tienen muy claro cuál es el padre que han escogido para sus hijos, el marrano que algunas llaman.

En conclusión, optaron por lo más correcto, prudente y decente. Pasados unos días más, Teresa le comunicó con una gran sonrisa en los labios a su esposo que esperaban su primer hijo. El buen hombre saltó de alegría ante la noticia y a la primera persona con quien quiso compartirla fue con su fiel empleado Pascual.

De hecho, el padrino de bautismo fue don Pascual y el nombre del niño se escogió en honor del gran y fiel amigo, ante lo cual la esposa no manifestó ninguna objeción. Para la familia no dejó de ser extraño que no se escogiera el nombre correspondiente en el santoral, o en su defecto, el de los abuelos o de un ser querido y cercano. Antonio alegó a favor de su decisión de que la amistad es el mayor bien preciado que una persona puede tener y que un buen amigo lo vale todo en la vida.

Con el tiempo, el camino de los cuatro fue diferente. Don Pascual comenzó a prosperar en otra ciudad y Tere junto a su esposo y a su hijo, que terminaría siendo el único, continuaron con su ejemplar vida matrimonial y familiar.

Sin embargo, Pascual nunca se olvidó de su hijo, siempre de alguna manera averiguaba cómo se encontraba y aunque vivía tranquilo a sabiendas de que su *padre* era un buen hombre, siempre tenía un nudo en la garganta al saber que en alguna parte del mundo un hijo suyo estaba creciendo sin que él, su verdadero progenitor, pudiera acompañarlo, ser su soporte y darle lo mejor del mundo.

Cuando don Pascual prosperó y por aquellos avatares del destino, el padre de Pascual se fue con otra mujer. Éste se enteró, aunque ya casado y con otros hijos, optó por traer a Teresa cerca de él y, para no despertar sospechas, la contrató como mucama. En cuanto a Pascual, con el tiempo, decidieron decirle la verdad, así que en ese momento tuvo claro quién pagaba la Universidad, el apartamento y el vehículo que para Junior era evidente no podía costear su buena madre, aunque ella se justificara al decir que tenía una suerte inmensa jugando al *chance*.

La historia de ese amor de un solo día y de toda una vida, se le hizo tan especial a Junior, que decidió no juzgar a su madre, aceptar las cosas y entender que después de todo era afortunado, pues, en cierta medida, había crecido con el amor, apoyo y cariño de dos padres y de una gran madre.

El amor. Esa dulce palabra que nos trae a la mente lo más hermoso y bello de la vida. Que también representa en ocasiones lo más bajo y ruin de la humanidad, cuando en su nombre se cometen actos que no tienen nada del noble sentimiento.Ese amor verdadero que nos recuerda a Romeo y Julieta, a Don Quijote y Dulcinea, o a Cleopatra y Marco Antonio. El amor que nos hace reír o llorar, suspirar o lamentarnos, soñar o aterrizar a realidades que no nos gustan tanto. Ese amor que sabe a poesía, a novelas, a tragedias con nombres de realidades.

Si de hablar de amor se trata, la historia de Don Pascual y de Teresa tendría que ocupar un lugar especial en la historia. Porque no es fácil que el amor de una noche perdure toda la vida, porque no es muy difícil amar cuando lo que se ama está prohibido y hay que evitar, a toda costa, y por el bien de todos, escándalos y señalamientos.

Para Pascual, Teresa fue su primer y gran amor. Y para ella, Pascual no fue su primer amor, pero sí su gran pasión y el hombre que con sus locuras supo robarle el corazón, hacerla sentir como nunca pensó que se podía sentir y quien además le dio su mayor y más grande alegría: su único hijo. En una época y en una sociedad machista y llena de tabúes, vivir un amor así, de los denominados prohibidos, no era nada fácil. En estas sociedades, el hombre mujeriego es modelo de hombría, pero la mujer infiel es una cualquiera. El hombre hace aspaviento de sus conquistas, mientras la mujer se oculta tras algún gabán para no ser identificada y señalada por los dedos acusadores que siempre están dispuestos a apuntar a alguien.

Don Pascual al respecto siempre decía: *Tenemos el dedo índice dispuesto para señalar a alguien, porque nos duele fijarlo en nosotros mismos.*

En aquellos años las parejas se casaban para siempre y les fuera bien, regular, mal o francamente pésimo, no se separaban y eran siempre fieles, o al menos ellas, con alguna que otra excepción. En ese sentido, Teresita fue una mujer de vanguardia para su época. Otros, de haberlo sabido, la habrían calificado como una *vanguardista meretriz*.

Pero ese amor, esa noche de pasión, única y genial, fue la experiencia más especial, pura e inolvidable que vivieron los dos en su vida. Pascual conoció las mieles del amor y de la pasión y, aunque inexperto, pero siempre imaginativo y precoz; supo darle a Teresa ese placer que solo el temblar de un cuerpo, los labios fríos y la humedad no tan oculta sino más bien evidente, acompañada por algunos gemidos y gritos que no se dejan salir.

Y aunque fue un momento único y maravilloso, optaron por no repetirlo. Era demasiado arriesgado, demasiado peligroso, demasiado osado, demasiado descarado, era demasiado hermoso para ser real. Pascual corría el riesgo de quedarse sin Chevette, en la calle y con la posibilidad de un balazo prematuro en la cabeza de aquellos que desparraman todo lo que hay adentro, como muchos años después lo comprobaría. Y Teresa corría el grave riesgo de perder su hogar, su matrimonio, su hijo, su reputación.

En aquellos días y durante toda su vida, a Pascual le importó un carajo su reputación o los comentarios y señalamientos de la gente. Pero una cosa era jugársela él por su gran amor y por su hijo y otra obligarla a ella a ser una mujer señalada por una sociedad llena de tabúes y asolapada, y colocar a su hijo en el plan de un hijo bastardo o natural y obligarlos a los dos a cargar un *inri* durante toda la vida.

Ahora los tiempos han cambiado. Esas inconsistencias de la Ley resultado de una época de intolerancias, han quedado atrás y ya los hijos gozan de los mismos derechos y respeto, aunque no sean fruto del matrimonio. Bueno, al menos en teoría, porque muchos aun siendo hijos de relaciones consentidas no tienen mayores derechos y privilegios y muchos otros son asesinados en el vientre, por quien, por naturaleza, debería protegerlos.

Don Pascual, ahora sentado desde el curioso sitio que la eternidad temporalmente le tenía reservado, recordaba con añoranza esos tiempos. Tenía claro que de haber sabido que al pasar los años iba a terminar con un balazo en la cabeza, seguramente hubiera sido más osado en su momento y habría podido disfrutar de ese cuerpo amado y deseado, no solo una noche, sino muchas noches más.

CAPÍTULO 11

Aunque la investigación oficial sobre el asesinato del buen Pascual no obtuvo ningún resultado, en otra parte ya no tan terrenal la misma continuaba abierta. Dentro de sus posibilidades el viejo seguía inquieto tratando de averiguar quién había disparado esa arma aquella noche, que ya comenzaba a aparecer algo lejana y borrosa en el recuerdo.

Para su decepción, los fantasmas o lo que fuera que fuese él, en el estado inmediato *post mortis*, no podían leer las mentes de los vivos, así que se limitó a colocarse frente a frente con algunos de sus candidatos más firmes a ser su asesino. Los había mirado fijamente a los ojos por varios minutos y lo único que había podido ver eran algunas pruebas de unos ojos mal cuidados, o las expresiones cansadas de algunos otros. Las lagañas en algunos le daban asco y le corroboraban que no siempre los ojos son *el reflejo del alma.*

En vida siempre había pensado que lo único que no envejecía eran los ojos. Miraba las fotos de niño, de joven, de adulto y de viejo y notaba que lo que siempre se mantenía incólume era la mirada. Sin embargo, ahora ya muerto, creyó entender que los ojos no envejecen, pero que sí se cansan y que con el paso del tiempo pierden su brillo, seguramente ocasionado por todas las porquerías que han visto en la vida. Si los ojos dejan de brillar, es factible que un día el alma deba morir.

Descubrió entonces que resultaba ridículo mirar a los ojos de alguien fijamente e intentar leer y adivinar en ellos alguna pista sobre su muerte. De hecho, en algún momento creyó sentir que alguno de sus sospechosos francamente se sonreían mientras él les ordenaba telepáticamente: «¡Dime si fuiste tú hijo de puta, confiesa ya!».

Eso no funcionaba para nada tuvo que admitir tristemente.

Su condición fantasmal sí le permitía obviamente estar en lugares sin ser visto, escuchar conversaciones de dos que terminaban siendo de tres, filtrar llamadas telefónicas... pero por ahora, al igual que la oficial, su investigación no daba resultados.

No solo quería saber quién había sido. Quería conocer el por qué. Se preguntaba cómo había entrado en la casa, cómo había llegado a su habitación sin forzar nada, cómo había salido de nuevo con un arma disparada, sin dejar ninguna huella.

De lo que sí estaba claro don Pascual era de que su asesino no estaba en la casa esa noche, sino que había entrado y salido. Pero entonces, ¿cómo lo había hecho? ¿Quién era esa persona que lo odiaba tanto para matarlo? ¿Quién era tan inteligente que había fraguado un excelente plan que le había funcionado tan a la perfección que ahora lo tenía a él, en algún lugar del universo, esperando escuchar una vocecita y que se abriera un maldito camino que lo llevara a algún lado? Se imaginaba el momento en el que le disparó y pensaba si habría sonreído antes de salir presuroso al verlo tirado como un perro y con los sesos regados en su impecable y perfumada almohada.

CAPÍTULO 12

Cuando se renuncia a vivir un amor por las razones que sea, la vida igual debe continuar. Siempre quedará el sabor amargo de aquella experiencia que no se vivió, de lo que pudo haber sido y no fue, siempre existirá la sensación de que habría valido la pena, al menos haberlo intentado.

Ante la imposibilidad de compartir la vida con su amada Teresa, y tras el distanciamiento de ella, Pascual decidió abrir su vida a nuevas oportunidades y la suerte le comenzó a sonreír. Lo más normal era que tarde o temprano terminara casándose, no solo porque para muchos es una ley de la vida, sino porque además tenía claro que no quería estar solo en su vejez y que deseaba tener un par de hijos a los cuales sí les pudiera brindar todo el amor, acompañamiento y comprensión que él sabía que podía dar.

El amor con María fue también una relación bonita, pero nunca comparable a su sentimiento por Teresa. Después de todo, Pascual era consciente de que con María o con cualquier mujer siempre sentiría ese vacío que solo una persona en el mundo le había llenado, una sola noche en su vida.

Con su novia y cualquier mujer podía sentir aquella sensación de tener el cuerpo en un lugar, pero el corazón en otro, aquella realidad que invita a ser coherente en los actos y decisiones, así en la mente y en el corazón se quiera mandar al diablo la lógica y la coherencia.

Su relación muy al estilo de los años en que se vivió estuvo marcada por la formalidad y por el respeto. Aquel respeto que llevaba a las mujeres y a la mayoría de los hombres a llegar vírgenes al matrimonio y a descubrir en una primera noche, lo que hoy en día se comparte con mucha anterioridad.

Era aquella época en que las mujeres usaban faldas y no pantalones, en que lo elegante y prudente era tapar la piel y no exhibirla. Eran esos tiempos en que todo o la gran mayoría quedaba para la imaginación y para el matrimonio.

Era evidente que Pascual no llegaba casto y puro a su matrimonio. Por supuesto en algún lugar, en los momentos en que él cortejaba a su novia y pedía la mano, un hijo suyo ya rondaba los diez años de vida siendo el muchacho consentido de una familia modelo.

Para la fecha de su boda, Pascual ya comenzaba a ser un hombre adinerado y pudiente. Era sin lugar a dudas un *partido interesante* y un hombre de aquellos con los que cualquier padre vería bien casada a su hija preferida.

María era una mujer hermosa, que, sin ser de clase alta, pertenecía a aquella clase social que no ha conocido de necesidades o limitaciones y que ha tenido las oportunidades que la mayoría de las personas suelen no tener. Su relación de noviazgo con Pascual duró cerca de dos años, tiempo apenas prudencial para lo que se consideraba bien visto en la época. Sobra mencionar que lo más aproximado a una relación sexual en ese tiempo eran las cogiditas de manos y uno que otro beso *apasionado* a hurtadillas de la presencia de sus padres o familia.

Los besos apasionados de la época se limitaban a leves y poco prolongados contactos de los labios, que raramente se abrían, besos que sin embargo eran lo máximo en su momento. Besos que hoy en día se considerarían, por cierto, poco imaginativos y expresivos, besos de bobo los llaman.

Es curioso. En esos años el *kamasutra* llevaba miles de años escrito, pero nadie lo leía, pocos lo conocían y evidentemente eran muchos menos los que lo practicaban.

Pascual besaba a su prometida mientras su mente estaba muy lejos. El sabor de los labios que sentía no era el de los que besaba, eran otros los que permanecían vívidos en su recuerdo; y era otra mujer a la que cada día deseaba con desesperación.

María lo veía ensimismado y se decía para sí misma: «Cuánto me ama, está loco por mí».

Y Pascual solo se preguntaba por qué la vida tenía que ser así.

CAPÍTULO 13

El matrimonio de Pascual y María fue una ceremonia sobria, en un salón reservado que, sin ser exclusivo, estaba dentro del presupuesto cómodo que la familia de María y Pascual podían pagar.

Aunque para la época era común que la recepción estuviera a cargo de la familia de la novia, Pascual quiso cambiar esa costumbre y fue de los pioneros, de los primeros hombres que quiso *mandarse la mano al dril* y contribuir con los gastos que ocasionaría la recepción. En otras palabras, Pascual se consideraba un pionero: no sólo había asumido el costo de la dote, sino que, además, al hacerlo, *había renunciado a su preciada libertad.* La lista de invitados se limitó a la familia y algunos amigos. Obviamente dentro de esos amigos, como era de esperarse, Pascual invitó a su compadre y gran amigo Antonio, quien obviamente asistió a la ceremonia con su, aún, linda esposa Teresa y su único hijo Pascual.

Aquel momento, ese instante del reencuentro, fue impactante. El beso en la mejilla a Teresa, el abrazo fuerte de amigos de siempre con Antonio y claro, el saludo de apretón de manos con Pascual, su hijo.

—¿Si te acuerdas de Pascual? Mira lo grandote que está —comentó Antonio Y Pascual sonrió. En realidad, la última vez lo había visto cuando aún era un bebé y lo podía cargar en sus brazos.

Pascual se sintió aliviado al notar que su hijo se parecía terriblemente a su madre y muy poco a su padre natural. En esos días había tenido pesadillas al imaginarse una escena en la que llegara Antonio con su familia, que Pascual Jr. fuera idéntico a él, y que ya, ante la evidencia, resultara imposible negar lo sucedido en una noche de pasión vivida hacía diez años.

Se había imaginado el momento en que los presentaran, en que los dos se miraran frente a frente, sorprendidos de verse reflejados como en un espejo y también había pasado por su mente el instante en que Toñito sacara el machete y de un solo movimiento le cortara lo más necesario para no quedarse oficialmente tío para siempre.

Pero por suerte, la naturaleza había jugado a favor suyo y de Teresa, y su hijo, se parecía demasiado a ella como para despertar alguna sospecha sobre el real origen genético que el chico tenía.

Igual, el ver de nuevo a su hijo después de tanto tiempo, le despertaba un caudal de emociones que él debía controlar. Estaba inmensamente feliz de verlo, de saberlo bien, pero a la vez lo embargaba la tristeza de no poder abrazarlo y decirle muchas cosas. Poder compartirle que cada día de su vida, desde hacía diez años sus noches habían pertenecido a su mamá y sus días a él. Que, aunque era feliz y se estaba realizando en muchos aspectos, una gran tristeza se albergaba en el fondo de su corazón, la de no poder compartir su vida con las dos personas que más amaba en el mundo.

Desde ese entonces, Pascual comprendió aquello de que *no hay felicidad completa* y que muchas veces para hacer felices a los demás, se debe sacrificar la felicidad propia renunciando a decisiones o personas que en últimas hubieran cambiado radicalmente nuestro destino para bien o para mal.

◬

El baile del vals fue otro momento inolvidable, pues en algún instante y por unos pocos minutos pudo tener en sus brazos a su amada Teresa. Los dos sonreían y se miraban a los ojos de forma más que profunda, cómplice, que hacía saltar de emoción sus corazones. Una mirada que para los demás asistentes era simplemente de afecto fraternal entre dos compadres que no se veían desde hacía mucho tiempo.

Pascual, iba vestido con su esmoquin elegante y de marca. Teresa, con su vestido largo color azul cielo. Los dos se miraban, se veían elegantes al bailar. Pascual imaginaba la piel de Teresa que prudente y hermosamente era ocultada. Ella bailaba con el hombre que por una noche había hecho vibrar su corazón con el palpitar más fuerte que pudo sentir, alguna vez en su vida.

En algún segundo, sus manos se apretaron y las palabras sobraron. En ese instante, Pascual comprendió que Teresa, al igual que él, nunca lo había olvidado y, aunque aquello no cambiara nada, no pudo evitar sonreír aliviado.

En ocasiones, muy pocas por demás, un baile, una mirada, una voz, una llamada, pueden acelerar el corazón, humedecer el cuerpo y llevar a profundos orgasmos mentales y físicos.

CAPÍTULO 14

Pascual no tenía claro si su estado actual correspondía al concepto de eternidad, de cielo, de más allá o algo que se le asimilara. Se movía con libertad, en cierta medida *caminaba* entre el mundo de los muertos y de los vivos a su antojo, pero, hasta ahora, por alguna razón, nada le parecía tan impresionante o maravilloso, probablemente porque lo que veía no correspondía a su concepto del más allá.

Además de la ausencia del túnel, de la voz, de sus muertos, supo pronto que tampoco existía el infierno. Excepto si él fuera un alma en pena, que llaman, estaba seguro de que, de existir el infierno, ya se estaría quemando las cosas más sabrosas desde el instante siguiente a morir.

En vida tampoco había creído mucho en el cuento aterrador del infierno y, en cierta medida, tampoco en el cielo. No al menos en el concepto de cielo que algunas religiones pregonaban. Él no creía en el cielo como un lugar reservado a las almas castas y puras y que habían sido agradables a los ojos de Dios, sino más bien como un estado de paz y éxtasis que se podía alcanzar.

No concebía en su mente a un Dios, juez omnipotente y castigador que ponía en fila a las almas de sus muertos y con un dedo o una palabra les iba diciendo «al infierno» o en su defecto «bienvenido hijo mío, ven al cielo», definiendo en un solo momento lo que sería la suerte de esa alma por toda la eternidad.

Dios, para él, era un ser mucho más comprensivo y amoroso con los fallos de sus hijos que, en su eterna sabiduría, debía entender que los errores de los hombres son cometidos más por ignorancia, que por mala intención.

Tampoco creía que el buen Dios llevara escrito el libro de la vida de siete mil millones de personas para, al momento de morir, sacárselo a uno en cara y decirle; «¡Ajá! 20 de junio de 1955 con tu vecina Martha ¡*Uhmmm*! cuarenta años de purgatorio o vete para el infierno!».

Se imaginaba al demonio pendiente de esos terribles veredictos para ir recibiendo y darle la bienvenida una a una, a las almas condenadas, y luego tener que agradecer a Dios por la remesa que le había enviado el día de hoy.

Para él resultaba claro que un Dios padre de todos no podía ser un juez que dicta sentencia de manera inapelable. Sonreía y miraba, con aire que rayaba en la comprensión o la indiferencia a aquellas voces que anunciaban grandes catástrofes, que pregonaban la llegada de un Dios castigador que no dejaría títere con cabeza y que llegaba con un ejército de ángeles a cobrarse de lo que la humanidad en su ignorancia espiritual le había hecho dos mil años atrás.

Soltaba la carcajada al solo imaginar a Dios y a los ángeles armados hasta el cogote para poder sembrar la justicia divina en el mundo. Estaba seguro de que Dios y los ángeles tenían cosas más importantes de las cuales ocuparse.

¿Desde cuándo el fortalecimiento de la conciencia humana era parte del trabajo de la Divinidad? Pascual suponía que cada cual era responsable de sus propios actos a su debido momento.

Para Pascual la visión de Dios y la eternidad era muy diferente. El cielo tenía que ser un estado del espíritu que permitía al hombre llegar a estar cerca de la presencia de Dios, poder entender la majestuosidad de su creación, del amor de Dios y finalmente regresar a esa fuerza divina de la cual un día había salido, pero a la cual nunca había dejado de pertenecer.

Sin embargo, en ese momento no tenía claro qué era la eternidad, ni en dónde se encontraba, porque ni el túnel, ni la voz, ni sus muertos, ni las llamas, ni los cachos, ni nada de lo presupuestado hasta el momento aparecía.

Le inquietaba estar en el más allá en un estado de duda eterna. Sabía que la certeza no existía, que todo era cuestionable. Para él, la duda era aquella semilla que permitía en la mayoría de las ocasiones hacer crecer a la humanidad obligándola a cuestionarse. Pero no dejaba de ser extraño que inclusive tras la muerte, todo fuera duda.

La humanidad esperaba que tras morir todo debía resultar absurdamente claro y evidente, que la verdad era finalmente revelada.

Pascual comenzaba a creer que quizá la única realidad tras la muerte, podrían ser las infinitas preguntas.

«Solo sé que nada sé» había expresado hacía miles de años un mortal un poco más conocido que él.

CAPÍTULO 15

Tras el impacto ocasionado por la lectura del testamento y la correspondiente aparición a la vida pública de Pascual Junior, se presentaron enfrentamientos y se sucedieron acciones que buscaron de todas las maneras posibles dejarlo sin valor y anular lo allí estipulado.

Obviamente, Teresa y Junior fueron objeto del odio y del deseo de venganza de María y de sus hijos y de algunos de los mejores *amigos* del viejo Pascual que veían en ellos a unos oportunistas y vividores, cuestionando la validez y legitimidad de todo lo sucedido. Se preguntaban sobre el reconocimiento de Junior, buscaron su historia, y encontraron sus orígenes y su vida en familia con su padre Antonio, y sí, con su mamá, Teresa.

Cuando supieron de Antonio, y aunque el buen hombre había muerto ya hacía algunos años, inocente de todo lo sucedido; creyeron encontrar la carta ganadora. Estaban seguros de tener el as bajo la manga que les permitiría ganar de una vez por todas la muy disputada partida, cuyo premio final era la considerable herencia dejada por el viejo Pascual.

Al presentarse al fiel Abogado Serafino y manifestarle lo descubierto tras varios meses de investigación, documentos que probaban de manera irrefutable que Junior era hijo de don Antonio y no de Pascual, María y los demás saboreaban su victoria.

De manera muy amable y cordial le expresaron al fiel abogado que había sido asaltado en su buena fe y que sin lugar a dudas el querido y extrañado padre, esposo y amigo, había sufrido algún tipo de locura senil que con el paso de los años que debía haber afectado su buen juicio y razón.

Con gestos fieros y palabras soeces anunciaban que llegarían hasta las últimas consecuencias de lo sucedido y que Teresa y su hijo, se pudrirían en la cárcel y en el infierno por haber abusado del buen corazón de un hombre santo y justo, y buscar tras su muerte obtener los beneficios a los que solo, ellos, sus fieles compañeros de toda la vida podían llegar a aspirar.

Dejaron, eso sí, en claro, que en todo esto no los acompañaba ninguna clase de ambición o deseo malsano. Querían tan solo que se respetara la verdadera y última voluntad del muerto y que éste pudiera descansar en paz, ya que como algunos afirmaban, fijo debía estarse revolcando en su tumba al ver la maldad y ambición a que la gente podía llegar cuando tenía alguna oportunidad.

Y efectivamente, a pocos metros, pero sin ser visto, Pascual se revolcaba, sonreía y esperaba.

CAPÍTULO 16

El escándalo por la aparición de los nuevos documentos fue similar al que se generó en su momento con el asesinato del viejo Pascual. La impugnación del testamento y la concurrencia de nuevo ante el Juez, copó otra vez los titulares de prensa y trajo a la memoria aquella historia de muerte, amor y sorpresas, que con el paso de los meses y años había quedado en el recuerdo de la mayoría.

De nuevo, como hacía algún tiempo, la sala estaba repleta. María, sus hijos y aquellos amigos de Pascual se sentían seguros y ganadores. Cuando ingresaron al recinto, su posición era altiva y orgullosa. Se sabían por fin justos ganadores. Al ver a Teresa y a Junior los miraron con el desprecio que el odio puede mirar y con la altivez que la muy pronta humillación de Teresa y su amado hijo, les aseguraba.

Aún eran mayores el odio y el desprecio que mostraban hacia Serafino, ya que éste, por alguna razón que ellos consideraban torcida, había aceptado asesorar a Teresa y a su hijo y defender los derechos que ellos habían adquirido.

Los impugnantes mostraron los documentos recaudados, en donde claro está, la prueba reina era un registro civil de nacimiento en el cual aparecían claramente el nombre y apellidos de los padres de Junior y por ende, solicitaban la nulidad de todo lo actuado y que se entraran a respetar aquellos órdenes sucesorales en la forma en que realmente correspondía.

También se le pedía al Juez oficiar a la autoridad judicial sobre el comportamiento doloso y delictivo de Teresa y de su hijo, y la presunta actuación, por lo menos sospechosa, del buen Serafino.

Luego de presentadas las pruebas y cuando correspondió el turno a Serafino, en la sala hubo un gran silencio. Todos presumían que acudiría a alguna argucia jurídica o de términos para salvar la situación. Se esperaba que buscara algún acuerdo que le permitiera a sus clientes salir bien librados de esta odiosa situación.

Serafino anunció que tenía dos pruebas para presentar, pero que para mostrar la segunda que consideraba fundamental, le era necesario hacer lectura de la primera. El juez accedió a la petición con la única condición de que las pruebas fueran conducentes al caso y ayudaran a desenredar el nudo en el que estaba convertido el pleito.

El viejo abogado, tranquilo y sonriente subió al estrado e hizo lectura de una pequeña misiva:

Queridos amigos, si están escuchando la lectura de esta carta significa dos cosas: primero, que yo estoy más muerto que Caín y, segundo, que algunos de ustedes no quisieron respetar mi testamento. Ratifico hoy en esta declaración que soy el padre genético de mi hijo Pascual Jr., que por ende sus derechos de herencia no tienen discusión y que, como prueba de ello, mi fiel amigo Serafino, si aún vive, o quien él haya dejado designado en vida, les mostrará ahora la prueba fehaciente de lo acá he afirmado bajo la gravedad de juramento.

El documento firmado y autenticado terminaba con una fecha y la firma reconocida del viejo Pascual.

En ese momento, los que antes sonreían y se mostraban altivos fueron cambiando de actitud. La sonrisa fue dando paso a una mueca de sorpresa y preocupación, y la altivez a una posición del cuerpo que denotaba incomodidad, nerviosismo y malestar.

Serafino anunció:

—Señor Juez, le presentó una prueba genética que se le practicó a don Pascual en vida, con muestras de su sangre y de las de su hijo hace diez años. Por si las dudas, mi buen jefe se repitió la prueba cinco años después con los mismos resultados. Finalmente, y como él conocía muy bien a su gente y presumía que sucedería esto, Don Pascual dejó una muestra de su semen congelada, bajo reserva y custodia de una entidad especializada, muestra que por demás por precaución él quiso renovar cada seis meses y la última data de un mes antes de su muerte. Acá le presento el recibo de custodia por si Usted considera necesario mandarla a traer.

Luego de aquellas reveladoras palabras, el sagrado recinto fue el desorden total. La cara de sorpresa de los asistentes, las risas de la mayoría, las carcajadas de otros, los *flashes* que retrataban las expresiones de unos y de otros, hacían parecer el juzgado más un circo romano que un sagrado recinto para impartir justicia.

Los que se carcajeaban no solo lo hacían admirando la astucia del viejo, sino porque se lo imaginaban en sus actividades hedonistas tomando juicioso la muestra de su líquido vital cada seis meses.

Antes del veredicto, los hijos de Pascual se habían marchado, y Serafino salió de la sala sonriente apoyado en los brazos de Teresa y de Junior, sabiendo que había ganado su último caso. Miró hacia el cielo levantando la mano y al alzar su dedo pulgar compartió su victoria con su mejor amigo dejando escapar unas lágrimas en honor a aquel hombre, que él en verdad, sí extrañaba.

Pascual había seguido los acontecimientos de cerca y obviamente, había disfrutado como ninguno del resultado del proceso y el triunfo de su amigo Serafino, que después de todo, era su triunfo propio.

Las lágrimas de su viejo amigo y su señal de victoria al cielo, también lo conmovieron. Ahora más que nunca en la profundidad de aquel silencio en el que existía y en la majestuosidad de aquella sensación de eternidad, que era su hogar, al menos por ahora, estaba aprendiendo a valorar muchas cosas que antes parecían insignificantes u obvias; una de ellas el valor de la amistad.

Serafino, su fiel amigo y escudero había cumplido sus instrucciones una a una, todas a cabalidad. De hecho, el viejo abogado sagazmente había sido el autor de algunas ideas que hoy habían dado un resultado definitivo y que le permitían a Pascual tener esa sensación grata de ahora sí poder descansar en paz.

Pascual trataba de recordar sus expresiones de amistad y cariño para con Serafino y algunos otros pocos. Venían a su mente reuniones sociales en donde nunca se había preocupado por el dinero, lo gastaba a su gusto y la mayoría de las veces sin medirse. Las reuniones siempre las inventaba. Para él, toda buena fiesta se había convertido en una de sus inversiones preferidas en las que la algarabía, el escándalo, la música y el ruido eran la nota predominante.

Siempre había sido consciente de que muchos de los amigos frecuentes de esas reuniones no eran muy sinceros en la aparente amistad que brindaban. Algunos de ellos solo eran oportunistas aduladores que sabían muy bien bajo qué sombra cobijarse con tal de poder beberse unos buenos tragos gratis o tener algún acercamiento a alguien que por su dinero o posición podría abrirles alguna puerta en un momento determinado.

Pero no le importaba. En esos momentos, Pascual no buscaba su amistad sino tan solo su complicidad. Esas personas representaban a aquel grupo de seres humanos que se ríen siempre de los mismos chistes, que levantan la copa en forma alborotada y que de manera reiterada cien veces en una noche hacen un brindis por el gran anfitrión de esa insuperable reunión. Esas personas muchas veces ni siquiera tenían nombre para el buen Pascual y al salir de su casa se iban como los seres anónimos que entraron siendo simplemente los conocidos de alguien un poco más cercano.

Pero Serafino sí era un verdadero amigo. Raramente compartía esas ruidosas reuniones, pero sí le encantaba tomarse una cerveza, a solas, con su amigo, o compartir una cena con la familia del socio de toda la vida.

No era adulador, no era lambón como tantos otros. Era en verdad un amigo del alma, una persona confiable capaz de sostener una conversación equilibrada, de dar opiniones válidas, e inclusive cuando no le eran pedidas, y de dar un consejo apropiado en el momento indicado.

Gracias a esa virtud, Pascual había dejado de pensar solo en el hoy y en el presente y se había hecho muy consciente de que todo en la vida, hasta la misma vida, tiene un final y que lo peor del caso es que suele ser inesperado. Por esta razón había hecho caso a los consejos de su amigo y, en vida, había dejado las cosas muy bien organizadas para que en el momento en el que ya no estuviera presente físicamente todo siguiera de la manera en la que Pascual lo había deseado.

Hoy, al verlo llorar, al salir victorioso, Pascual abrazó a su amigo, aunque ya sabía que sus abrazos actuales terminaban apretando al viento. Intentó secar las lágrimas que recorrían ese rostro viejo, cansado, pero sonriente y en un momento le dio un cariñoso beso en la frente y le susurró al oído:

—Gracias, amigo del alma, gracias por todo.

CAPÍTULO 18

La eternidad, sinónimo de inmensidad, de infinito, de más allá. Aquella eternidad que muchos añoran, que algunos pregonan como inevitable futuro y que otros simplemente ignoran, era hoy un hecho real para Pascual, quien se esforzaba cada vez más en entender su condición actual, pero lamentablemente, nada le era claro ni comprensible.

Su muerte era un hecho evidente y probado, como también lo eran los acontecimientos que se habían sucedido entre los suyos, tras ese momento lamentable. Sin embargo, su estado actual seguía siendo un misterio sin resolver.

Se sentía fantasma porque era la descripción conocida más aproximada que podría definir su condición del momento. Al saberse muerto físicamente, reiteradamente se preguntaba si era alguna especie de alma fantasmal o si simplemente era la pequeña e insignificante partícula flotante del universo, que por un momento percibió ser, pero que no lograba descifrar e identificar del todo.

Aunque Pascual seguía intentando avanzar con su también exhaustiva investigación sobre su asesinato, sin muchos resultados, por cierto. Poco a poco comenzaba a interesarse más por averiguar sobre lo que estaba sucediendo con él en su nueva vida, sobre el significado de su nueva condición y sobre todo sobre el futuro que éste nuevo estado podría depararle.

Después de todo, su cuerpo ya llevaba mucho tiempo enterrado y eso ya nadie lo cambiaría. Pero su momento actual, que parecía eterno, sí lo intrigaba mucho más y empezó a convertirse en su mayor prioridad.

Pascual había desechado la posibilidad de encontrar el famoso túnel, camino o sendero que lo llevaría a su destino final. También había descartado, para su alivio, la posibilidad de que su alma estuviera condenada y su lugar eterno fuera un sitio de llamas, dolor, gritos y rechinar de dientes.

Ahora en esos momentos que por instantes eran eternos, y en otros absolutamente lentos, añoraba la presencia de algo o de alguien. Hubiese deseado que llegara Dios y se sentara a charlar con él. ¡Cuántas preguntas le podría hacer!

Aunque el olor a pólvora con el paso del tiempo había desaparecido, el olor a silencio sumado a incertidumbre prevalecía constantemente,

Resultaba bien extraño todo: sabía que no comía, pero no sentía hambre; entendía que estaba muerto, pero vivía, era consciente de que no descansaba nunca, pero se sentía vital y con energía y, además, creía entender que su existencia lo era todo, pero a la vez era nada. «¿Qué era en verdad él en esta nueva existencia?» se preguntaba curioso.

El tiempo había perdido su vital importancia. El tiempo en el lugar que estaba no transcurría. Cada instante, cada segundo, era pasado, presente y futuro; era finito y era eterno. Y Pascual se preguntaba ahora la validez de aquella vieja expresión según la cual *el tiempo no se detiene*. No importaba el día o la noche, las horas o los minutos. Todo era parte de un todo y por esa razón le resultaban exactamente lo mismo.

Pascual llegó a la conclusión de que podría afirmar tener mil años o que acababa de nacer y en el lugar en donde estaba eso no era importante ni cambiaba absolutamente nada. Él podía ser en este momento un recién nacido, un niño, un anciano, o seguramente todos ellos a la vez y eso no era trascendental.

Descubrió, por fin, con algo de asombro, que desde su lugar podía observar las estrellas, los astros, el cosmos y el infinito y un poco más allá y ante aquella visión magnífica estaba seguro de que el hombre no era más que una ínfima parte de ese *algo* maravilloso, pero que, sin lugar a dudas, aunque ocupaba un sitio especial, probablemente distaba mucho de ser el más importante en la creación.

El hombre, esa obra maravillosa imperfecta de un Dios maravilloso y perfecto, que aún no aparecía para explicarle nada o para llevarlo a algún lugar, porque seguramente andaba resolviendo problemas más importantes, en algún lugar muy lejano, de su magnánima creación.

—¿Qué crees que es la eternidad, Teresa?

—*Uhmmm…* No sé, supongo que es algo así como el más allá.

—¿Y qué crees que hay en el más allá?

—Seguramente un Dios, el cielo, el demonio, el infierno.

—Ah, ¿sí? Y dime, ¿en dónde están Dios y el cielo?

—Arriba de las nubes, seguramente, en la eternidad.

—¿O sea que arriba de las nubes está la eternidad?

—Sí, yo creo que sí, y que debajo de la tierra, muy abajo, está el infierno.

—Según eso, unos suben y otros bajan cuando se mueren —contestó Pascual y soltó una carcajada.

Mira, no seas blasfemo, que en una de esas te castiga Dios y te vas derechito para el infierno.

—El infierno no existe, amor. *Diosito* es muy buena gente para mandarnos a quemar por toda la eternidad.

—¿Entonces para ti el cielo tampoco existe? —preguntó Teresa con una mirada que comenzaba a mostrar cierto enojo e incomodidad.

—¿Sabes, Teresa? El cielo sí existe y lo viví hace muchos años por una noche, en tus brazos. Y, ¿en el infierno? No creo en ese lugar, pero supongo que no debe haber mayor castigo que el remordimiento en vida y la ausencia de la presencia de Dios al llegar al más allá. De todas maneras, cuando me muera, vuelvo y te cuento.

Los dos guardaron silencio. En sus mentes añoraban aquella juventud ya ida hacía muchos años y una noche en que siendo jóvenes entendieron que en algunos momentos la vida misma es el cielo o puede convertirse en un terrible infierno.

CAPÍTULO 20

Cuando el juicio terminó, Serafino, Teresa y Pascual Junior se reunieron en casa del fiel abogado para hacer un pequeño y cordial brindis.

Entre sonrisas, festejos, lágrimas y añoranzas comentaban lo sucedido y se preguntaban sobre lo que habría dicho el viejo, si hubiera podido ser testigo de todo lo sucedido.

—¿Cómo estará mi padre? —preguntó Junior.

—Yo creo que muy feliz —contestó Serafino y levantó su copa.

—¿Creen que haya podido de alguna manera ser testigo de todo lo que ha pasado? —repuso Teresa.

—No lo sé, mamá. Pero si pudo ver algo, con seguridad que hasta en el último rincón del cielo o del infierno habrán escuchado su carcajada.

—Cállese la boca, *mijito*, que su papá no puede estar en el infierno.

—Sí, tienes razón mamá. Él ya vivió su propio infierno cuando no pudo estar por siempre contigo. Fue un buen hombre. Ojalá esté muy bien en el lugar que el buen Dios le haya destinado.

El fiel amigo realmente se encontraba satisfecho y feliz. Sin embargo, le incomodaba que a pesar de los años y de algunos intentos suyos, independiente de los oficiales, no había logrado aclarar nada sobre la muerte de su gran amigo

Sabía y estaba muy seguro de ello, de que Pascual, en el lugar que estuviere, estaba feliz con la forma en cómo se habían manejado las cosas, pero también sentía una gran obligación moral de saber quién lo había asesinado y por qué.

El abogado ya se sentía viejo y cansado; los últimos años tras la muerte de su amigo habían agotado la poca energía que le quedaba. Estaba seguro que muy pronto también moriría. Esperaba que, de muerte natural, y entonces se iría a encontrar con su gran amigo y hermano del alma.

—Pascual, hijo, mira, yo ya estoy viejo, y tengo un pie en la tumba y otro por acá. Prométeme que de alguna manera intentarás averiguar quién mató a tu padre. Estoy seguro de que él te lo agradecería, y yo también.

—Serafino, viejo amigo —dijo el joven—. Hemos recorrido juntos muchos caminos y sabes que no hemos encontrado alguno que nos lleve a ninguna parte, pero te prometo que intentaré llegar al fondo de todo esto. Solo espero que al hacerlo no termine también yo con un balazo en la cabeza, los sesos en exhibición y botado en mi cama como un perro.

Y Teresa se persignaba. No quería más tragedias. Tan solo, como Serafino, añoraba el momento de reunirse con Pascual y poder por fin, vivir su amor para siempre y

descubrir a qué saben los labios amados cuando los besos se dan en la eternidad.

CAPÍTULO 21

El asesinato de Pascual podía considerarse de esos crímenes perfectos. El asesino no había dejado ninguna pista válida que pudiera seguirse, ninguna huella que implicara a alguien, ni siquiera un motivo que resultara evidente para todos.

Aunque existieron muchas teorías sobre móviles o motivos, todas se fueron dejando de lado en la medida en que los implicados eran descartados como sospechosos.

Pascual Junior y Serafino habían seguido algunas pistas oficiales y otras no tanto, llegando siempre a la triste conclusión de que no tenían nada.

Ante la petición e insistencia de su viejo amigo, Pascual Jr., volvió a repasar todos los documentos; se tomó tiempo para de nuevo leer el expediente oficial, del cual tenía copia hacía un buen tiempo y corroboró que todos los factibles sospechosos habían sido investigados, que todos tenían buenas coartadas y que por ende todos habían sido descartados en su momento.

Leyó con cuidado y sobre todo mostrando interés frente al viejo Serafino, los interrogatorios hechos a su madre, a la familia de Pascual, a los empleados cercanos... Releyó el interrogatorio que le habían realizado a él mismo cuando hecha su aparición pública quisieron vincularlo en el proceso. Recordó las preguntas, el rostro de los fiscales y la prueba del detector de mentiras que pasó sin muchos afanes.

—Señor Pascual —sostuvo el fiscal—. Usted pudo tener motivos para matar a su padre.

—Ah, ¿sí? ¿Y cuáles serían esos motivos? —contestó el joven.

—Deseo de venganza o ambición. Seguramente tenía una herida abierta al saber que él lo dejó desde niño, o en algún momento se enteró de lo dispuesto por su padre en el testamento y eso despertó su ambición.

—Mire, Señor, mi padre siempre estuvo pendiente de mí. Gracias a él he vivido cómodamente y de hecho lo tengo todo. Sobre su testamento nunca me preocupé por él, pues estaba seguro de que me tocaría lo mismo que a mis medio hermanos.

—¿No es factible, Señor Pascual, que *Usted* tuviera una copia del juego de llaves de la casa, que estaba bajo la custodia de su madre? —interrogó el funcionario con mirada firme y sus cejas levantadas.

—Para nada, mi madre pudo demostrarles a *Ustedes*, en su momento, que mantenía esas llaves siempre con ella, colgadas a su cinto y que por ende nunca las tuve yo, pues no vivía con ella —repuso Junior con tranquilidad.

Y mientras leía y recordaba esos momentos, una pícara sonrisa se dibujaba en sus labios y llegaba a la conclusión de que, definitivamente, ciertas personas eran bastante estúpidas y que en ocasiones la tecnología resultaba francamente inútil.

CAPÍTULO 22

La muerte de Pascual era un asunto decidido. Ahora el problema estaba en idear un plan lo suficientemente bueno para que los resultados del mismo fueran los esperados.

Todos los detalles debían estudiarse con cuidado buscando dos objetivos: el primero que, una vez ejecutada la acción, Pascual estuviera muerto y el segundo y más importante, que luego del homicidio, no existiera forma de ser atrapado, ni en el momento del acto, ni con posterioridad al mismo.

La escogencia del arma y del silenciador era una labor sencilla. El problema estaba en poder entrar y salir de la casa sin ser visto. Había que franquear las dos puertas principales y la de la habitación.

Entrar a la casa no parecía tan difícil gracias a la valiosa colaboración y apoyo recibidos desde adentro, pero las llaves de la habitación se sabían que solo las tenía la mucama, y que ella no entraría en el plan con toda seguridad.

Finalmente, y luego de mirar los pro y contra de las diferentes posibilidades, se llegó a la conclusión de que la mejor forma de acercarse a Pascual era por medio de lo que a él más le gustaba: una mujer. Una mujer sería la encargada de ingresar el vehículo con una fantasmal carga en su bodega, seducirlo, emborracharlo, dejar una ventana convenientemente abierta y de paso darle los últimos minutos de placer que el buen hombre podría tener en vida. De seguro una buena forma de morir ha de ser hacerlo tras haber tenido un delicioso y satisfactorio sexo.

La mujer solucionaba dos problemas: se acercaría fácilmente al viejo y además entraría a la casa y llegaría a su habitación sin ninguna restricción. Y si esa mujer era una amante conocida por Pascual, mucho mejor.

La confianza e inocencia de Teresa facilitaban mucho la labor y él sabía que un par de sedantes puestos en el último tinto de la noche, sería suficiente para que la buena mujer durmiera plácidamente hasta el otro día, facilitando por un lado el obtener las llaves de la habitación, en caso de que fueran necesarias, y por otro lado el salir de la casa sin despertar ninguna sospecha.

El macabro plan estaba ideado. Él haría muy bien su parte y ella tendría que cumplir con la suya como autora intelectual de la muerte de Pascual. A pesar de sus protestas, de alegar que era el sexo débil, que odiaba la sangre y que no tenía el valor de hacerlo, él le dejó bien en claro que, si quería participar en el plan y beneficiarse en mucho del resultado final, esa sería su labor. Además, le comunicó que no era una propuesta sino tan solo una decisión tomada; ya no había marcha atrás.

—¿Qué hago si el arma se traba? ¿Qué hago si fallo el primer disparo y tengo que desocupar el cartucho? ¿Qué hago si el viejo se da cuenta y opone resistencia? —interpelo ella rabiosa.

—Mira, cielo. Tú al viejo le gustas mucho y a él le encanta tomarse sus buenos tragos cuando está de plan de mujeres. Simplemente emborráchalo bien, hazlo tener un sexo delicioso y agotador, y cuando ya el viejo duerma, sacas el arma, la colocas junto a su cabeza y disparas. Es físicamente imposible que falles y además tendrías que ser una burra para fallar —le respondió él mientras se reía cínicamente.

—Eres un maldito y, ¿y por qué no le disparas tú? —gritó ella en un último intento de zafarse de la horrible misión.

—Porque contigo estará relajado, confiado, tranquilo y morirá en paz y feliz. Además, aquí entre nosotros, no creo para nada que le gusten mis besos. En cambio, los tuyos, le encantan —replicó él. Y volvió a reír satisfecho de la perfección de sus planes.

La suerte del viejo estaba jugada. Moriría como producto de una mezcla mortal: licor, una hermosa mujer, un buen sexo y un balazo en la cabeza.

CAPÍTULO 23

El día determinado para ejecutar lo planeado, ella estaba ansiosa y expectante. Despertó muy temprano, se vistió buscando unas prendas que sabía que le encantaban al viejo y que lo ponían a babear cual bebé recién nacido.

«Los hombres son curiosos» pensó ella, «siempre nos piden ser *sexys* e imaginativas y cuando finalmente les damos gusto, no se toman ni el tiempo de mirar y degustar lo que nos pusimos para ellos, porque al siguiente segundo de vernos nos tienen desnudas».

Igualmente, escogió un vestido rojo zafiro, de aquellos que parecen conjugar y querer unir en algún punto lo corto de su diseño con el prominente y llamativo escote que tienen delante. Vestido, que, por demás, al viejo le encantaba. Obviamente lo acompañó de unas tangas muy sensuales del mismo tono, el rojo pasión, que a él lo enloquecía.

No pudo evitar sonreír al entender esa ironía, a él lo mataba esa ropa de ella, y ella, de una u otra manera, era una pieza fundamental en el juego de ajedrez cuyo jaque mate sería la muerte de Pascual. Sí, decidió vestirse de rojo, de aquel rojo de la pasión, de aquel rojo de la sangre con la que en unas horas estaría bañada la cama del viejo, si todo salía bien.

Ahora, al saber que tenía la decisión sobre la vida de alguien, ya no sintió temor. Entendió que tenía el poder. Fue claro entonces que, después de todo, no siempre el destino decide la suerte de las personas. En ocasiones, cuando la gente buena se enreda con gente mala, como ella, el destino de esas personas comienza a pender de un hilo, depende del azar, es como quedar sujetos a una decisión que se tome en un momento determinado y de la cual el sujeto pasivo de la acción, la víctima, o en últimas, el muerto, no tiene ninguna opinión qué dar, ni nada qué decir al respecto.

Cuando comenzó a caminar para cumplir la cita con el destino, aplicándose antes de salir el perfume Chanel número 5 que el viejo le había regalado, se preguntó sobre qué pensaría Dios de esto. Se cuestionó en dónde estaría el creador cuando ella sedujera al viejo, lo emborrachara y dejara de manera conveniente una ventana abierta.

¿Acaso aparecería para impedir esa injusticia? ¿Acaso en el último momento haría que un remordimiento de conciencia final de ella salvara la vida del buen hombre?

Por alguna razón estaba segura de que no. Que Dios no se haría presente esa noche y que lo que tuviera que suceder simplemente sucedería. Estabas segura que Dios no aparecería como no suele aparecer ante los gritos suplicantes de quienes sufren alguna injusticia y gritan el nombre de su Dios con la esperanza de que venga a salvarlos. Ese nombre que significa luz, vida y paz. Solángel, la había llamado su madre, pensando que esa niña recién nacida sería la alegría de su vida y que siempre sería un ángel de Dios para todos.

Ella sonreía. En cierto modo sí había sido un sol para la vida de muchos hombres a quienes había dado momentos de esplendorosa luminosidad y pasión, y ángel siempre había sido por su belleza. «¿Acaso Luzbel no era un ángel?» se preguntaba ella, mientras colocaba el seguro en la puerta de su hogar. Cuando salió de su poco modesto apartamento, se persignó. Después de todo, la calle y la noche suelen ser peligrosas y es mejor que Dios lo cuide a uno siempre.

CAPÍTULO 24

No era el primer encuentro con Pascual, pero ella sabía que sería el último. Finalmente, cuando se había decidido a que ella ejecutaría el macabro plan, todo se facilitó, ya que el viejo solía llevar a sus amantes ocasionales a casa y ella era una de las preferidas.

Esa era una de las grandes contradicciones en la vida de Pascual. Aunque había amado toda su vida a Teresa, ahora de viejo, cuando los avatares del destino los había, de alguna manera acercado, él le pasaba sus amantes por delante de las narices a su gran amor. Ella nunca opinaba, nunca decía nada. De alguna manera era simplemente testigo mudo de la vida desordenada de su amor de juventud.

En un principio Pascual le había planteado una relación de amantes. Él pretendía vivir cierta especie de vida paralela a pesar de estar casado. Teresa le había contestado que ya estaba demasiado vieja para jugar a ser la amante de alguien y que prefería guardar en su memoria el recuerdo de una hermosa noche y saber que el resultado de ese apasionado momento andaba por ahí, viviendo una vida bastante aceptable.

Pascual optó por continuar su destino como siempre lo había hecho. Estar casado, pero como siempre afirmaba, ser de todas y de ninguna.

Desde aquella noche, vivida ya hacía muchos años, su vida se había convertido en una insaciable búsqueda para poder encontrar en otra persona el amor y la pasión inocente y sincera que solo una mujer supo brindarle.

Solángel fue una de esas innumerables mujeres con las cuales Pascual quiso saciar su deseo y llenar en algo el vacío que su vida, sin verdadero amor, le ocasionaba.

Esa búsqueda constante de emociones fuertes y nuevas, de un asentimiento o de una palabra de cariño y de amor, así fuera pasajero. Pascual sentía que su historia era como vivir una vida siempre sedienta, en donde por más que se viva junto a una fuente de agua cristalina, esa sed no se apaga nunca y la garganta arde añorando desesperada el siguiente sorbo salvador, aunque haya acabado de pasar desesperado un trago de ese líquido bendito.

Se preguntaba si la sed de su vida, era como la sed del caminante perdido en el desierto que busca con desespero encontrar un oasis. Ese moribundo hombre que a cada instante cree ver el más hermoso de los paisajes, para solo comprobar al siguiente paso que el desierto es inmenso, que no existen caminos señalados y que la muerte está más cerca.

Por ello, a pesar de su vida matrimonial y de innumerables relaciones ocasionales, cada vez se sentía más vacío y solo. Solía entonces llegar a su casa, ir a la cocina y tomarse un tinto en compañía de su único verdadero amor. Ella lo escuchaba y miraba condescendiente, y pasado un rato y con un beso en la frente siempre lo despedía:

—Jovencito canoso y barrigón, ya es hora de dormir.

CAPÍTULO 25

Si Pascual pudiera ver *la película de su homicidio*, podría notar que parte de los hechos planeados se sucedieron, mientras otros tuvieron que tener un desenlace diferente.

La cita con el viejo, los tragos y la noche de pasión se sucedieron. Cómo olvidar ese sabor de los besos repetidos y esa humedad que invita a penetrar un cuerpo con pasión, casi sin piedad. Es factible que el olor a la muerte por llegar pueda ocasionar diferentes sensaciones, entre ellas, placer.

Igual, para evitar alguna clase de improviso, lo cual también estaba estipulado desde el inicio, su cómplice se encargó de que Teresa durmiera plácidamente, evitándose así que fuera testigo de su llegada en la noche al apartamento, o que en algún momento la mucama hiciese alguna aparición inoportuna desbaratando los planes hechos y obligándola a ella a convertirse en asesina en serie.

Luego de algunas horas pudo notar cómo el cansancio se apoderaba de Pascual. El trago consumido, unido al sexo y a los años del hombre, producía finalmente el efecto esperado. El viejo semidesnudo se hallaba dormido en su cama y los ronquidos eran la prueba de la profundidad de su sueño.

Ella tuvo tiempo de vestirse, de maquillarse, de volver a aplicarse perfume. Le encantaba estar bella y esta noche sería la más hermosa de las asesinas. El olor de su perfume la embriagaba como lo hacía con los hombres, despertando sus más bajos, naturales y muchas veces ocultos sentidos.

Tomó su bolso. Con extrema lentitud y parsimonia colocó sus hermosas y cuidadas manos dentro de los guantes para dejar abierta una ventana por la cual más tarde ingresaría su cómplice a terminar de ejecutar el plan. Se aproximó a Pascual, lo vio desnudo. Esa desnudez de un cuerpo viejo y descuidado que ya no despierta las pasiones ni los sentidos. Desnudez que ella había tenido hacía apenas unos segundos dentro de ella y que ahora le causaba solo lástima y repulsión.

Suavemente le dio un beso en la mejilla. El beso con que Judas entrega a su maestro a las manos de sus asesinos, el beso que puede significar amor, pasión, deseo, conveniencia y que esta vez tan solo significaba una definitiva despedida. Dicen que matar da poder, que da placer, que es un instante que te convierte en un Dios que decide sobre vivir o morir. De seguro ser parte del plan que termina en un homicidio también da poder pues finalmente se sigue decidiendo sobre la existencia del otro.

Salió de la habitación mientras que otra sombra se deslizaba por la ventana abierta. Una sombra bien oculta de las cámaras de seguridad pues pertenecía a un cuerpo que había ingresado oculto en la cajuela de un vehículo estacionado en un lugar ciego en donde no se podía determinar la presencia de algún cercano. *Fallas de seguridad dirían con posterioridad los expertos.*

El estruendo ahogado del disparo, el cuerpo que por un instante pareció saltar de la cama y despertar de su profundo sueño. Fue tan solo el último acto reflejo de un hombre que ahora iba cayendo con rapidez de un sueño reparador a un sueño eterno.

La sombra usando guantes, el silenciador, la almohada sobre la cabeza inerte y dormida.

Ella en el carro imaginaba ya la almohada llena de sangre, los sesos regados, algunos restos de éstos salpicando la colcha y de seguro los tapetes de la elegante habitación. Un rojo de la sangre mezclado con un rojo del tapete: curiosa combinación. Mientras esperaba, sintió asco de ella misma, quiso vomitar, pero decidió aguantar la sensación para no ensuciar el vehículo y salir de allí lo más rápido posible.

La sombra ingresó a la cajuela del vehículo de una manera tan sigilosa como había descendido. Una vida apagada en forma violenta, los sonrientes labios de una sombra autora material y la mirada confundida de una cómplice que aún tenía en su cuerpo recorriendo unos cuantos miles de espermatozoides de quien en vida y hasta el último instante, siempre presumió de ser un muy buen polvo.

En el camino una parada obligada en un sitio muy lejano. Incinerar la ropa usada, los guantes, tirar el arma asesina a un caudaloso río que de seguro la llevaría a sitios muy lejanos y ocultos para propios y extraños, eliminar cualquier evidencia fácilmente identificable. Asegurarse que la muerte de Pascual sea solo un crimen más sin resolver. Solamente eso.

Solángel finalmente vomitó, en un instante creyó que, por su boca, botaría hasta el alma, un alma que ahora le parecía negra y sucia por estar manchada de sangre inocente, bueno de sangre humana.

Su compañero de fuga estaba furioso:

—¿Cómo se te ocurre volverme el apartamento una mierda? Ya no es tiempo de arrepentimientos ni de escenitas, gritó furioso.

Ella, aún pálida por lo sucedido y todas las emociones vividas, solo atinó a contestar:

—¿Una mierda? La maldita muerte es una mierda.

Y los dos optaron por ir a la cama en silencio. Una cama que puede servir para dormir, para tener sexo deliciosamente, para hacer el amor y también para ser la escena de un crimen, medianamente pretendido perfecto.

CAPÍTULO 26

Cuando Serafino le encargó a Junior la misión de intentar encontrar a los responsables de la muerte de su viejo amigo, éste decidió que acudiría a medios no tan convencionales o sofisticados para conocer la verdad de todo lo sucedido.

Estaba enterado hacía tiempo de la existencia en el sector rural de la ciudad de una médium muy afamada y conocida llamada Petra. Junior era creyente a medias de esas personas que aseguraban tener poderes paranormales que les permitían comunicarse con los muertos o saber con solo una mirada al pasado, el presente y el futuro de sus clientes.

La idea de ir allá le aterraba, pero hacía mucho tiempo, un viejo amigo le había comentado de la famosa señora y le había sugerido que fuera a verla, apoyándose en la tradicional frase de *con ir no pierdes nada.*

Como además de sentirse incrédulo, el tema le ocasionaba hormigueos en el estómago, decidió vestirse de valiente e ir a visitar a la bruja, obviamente acompañado por el viejo Serafino. Además, la única razón por la que aceptaba acudir a donde tan extraño personaje, era para darle gusto al viejo amigo de su padre y que el viejo abogado pudiera sentir que movieron cielo y tierra para encontrar al responsable.

Cuando llegaron al consultorio de la *madame*, por lo menos le tranquilizó el no ver calaveras, o signos diabólicos, ni una escoba voladora o algo parecido.

Igual y solo porque la prudencia aconseja en estos casos, decidieron sentarse muy cerca a la puerta de entrada esperando callados y expectantes el momento de ser llamados a consulta.

Otra persona que hacía las veces de asistente de Petra fue quien luego de una espera que se hizo eterna, les anunció que podían entrar.

Serafino ya viejo se apoyaba en el brazo de su amigo, pero Junior agradecía ese gesto pues disimuladamente era él quien más apretaba el brazo del otro.

Al tomar asiento, Junior pudo observar la sobriedad del lugar. Había algunas plantas, que suponía algún significado debían tener, de las paredes colgaban afiches donde creyó reconocer los signos del zodiaco y algunas constelaciones.

Observó una cruz sobre una de las paredes laterales, que contrario a lo esperado, no estaba de cabeza. Suponía que estaba de lado por aquello de que no se debe tener *a Cristo de espaldas*. Finalmente, divisó algunos otros objetos, frascos y esencias, que, aunque él no reconocía, no le parecieron tan intimidantes o diabólicos.

Cuando Petra se sentó, vio a una mujer de avanzada edad, vestida elegante y sobria, sin túnica tejida con raras estrellas o signos. Su cabeza solo estaba adornada por una abundante cabellera negra que hacía contrastar aún más esos ojos azules que poseía; ojos azules penetrantes, bellos y profundos. Ojos que al mirar parecían poder leer la mente y conocer, de un solo vistazo, toda la historia de una persona.

Petra miraba fijamente a los ojos, sin parpadear y en sus pupilas se reflejaban los rostros asustados de dos viejos amigos, que en ese momento y con esa mirada, se preguntaban qué diablos estaban haciendo allá. De algo si eran conscientes: ya no era el momento para echarse atrás.

—¿Qué los trae por acá, señores? —interrogó Petra.

Al estar allí, frente a ella, no sabían si llamarla bruja, médium, doctora o señora. Realmente estaban hipnotizados por esa mirada que parecía atravesarlo todo y de alguna manera conocer los secretos de la vida, de la muerte y del más allá.

—Mire, Doña Petra —finalmente atinó a responder Serafino—. Hace unos años mi mejor amigo y padre del joven que está a mi lado, fue asesinado. Hemos hecho lo posible y lo imposible por saber qué pasó, quién lo hizo, pero no hemos logrado nada.

—¿Y cómo última opción vienen acá, cierto? —afirmó ella mientras sonreía.

Los dos asintieron instintivamente pasando un trago de saliva cada uno.

—Señores, con las personas como yo, que para bien o para mal, tenemos ciertas habilidades desarrolladas, que todo el mundo debería tener, sucede como suele suceder con las personas y su relación con Dios —contestó la médium—. Cuando todo está bien en la vida, nadie se acuerda de nosotros, pero cuando algo sale francamente mal, o las cosas no funcionan, o los negocios se caen, o la pareja nos deja o alguien asesina a un ser querido, finalmente se acercan a nosotros, eso sí, no sin antes, haber agotado todos los recursos tradicionales primero. Las personas… —continuaba su explicación Petra—, vienen en busca de ayuda, de felicidad, de una palabra que los saque del atolladero en el que se encuentran. Acuden simplemente porque necesitan poner su fe en alguien y escuchar que mañana su mundo cambiará y será mejor. Piensan que con venir y charlar conmigo mañana ya no habrá tristezas, ni llanto, ni pobreza. Están seguros de que todo estará mejor porque personas como yo, así lo aseguramos.

Junior y Serafino intercambiaban miradas, preguntándose si estaban en el lugar equivocado, o si era prudente y de sabios poner pies en polvorosa en ese mismo instante de aquella habitación.

—¿Tienen una foto de su padre y amigo? —preguntó Petra después de su discurso de bienvenida.

Serafino sacó una foto de su bolsillo y la acercó con mano temblorosa a la médium. Era tan evidente el temblor que solo atinó a decir:

—Cómo pesan los años y el alzhéimer.

Y la bruja moderna asintió comprensiva.

CAPÍTULO 27

Pascual miraba con atención el firmamento. Ahora era su paisaje natural y se preguntaba si lo que ahora él veía y admiraba, era la misma imagen que había visto El *Principito* cuando en su andar y búsqueda de la felicidad saltaba inocente de planeta en planeta. Le causaba curiosidad el saber si lo que ahora era su realidad, era lo mismo que habían visto todas las personas que se habían muerto antes que él. Resultaba realmente sorprendente tener al alcance la inmensidad y darse cuenta que se estaba realmente solo.

Recordó su vida; su búsqueda incansable del amor y de la felicidad y se preguntó con tristeza si en la vida y, ahora ya muerto, su compañera inseparable sería la soledad. Y sintió en el estómago o en el sitio donde alguna vez tuvo estómago, ese vacío de tener demasiadas preguntas y pocas respuestas.

De nuevo lo invadió un desasosiego. Por segunda vez desde su muerte, lloró, aunque esta vez estaba casi seguro, que, a diferencia de la primera, sus lágrimas de soledad sí bañaban su rostro y lo surcaban, como describen las antiguas poesías. Mientras lloraba comenzó a sentir que amanecía. Que el sol o la luz aparecían y le daban esa sensación de un nuevo amanecer que no sentía hacía mucho tiempo, probablemente años y siglos.

Alzó su rostro y descubrió la fuente de esa luz que ahora parecía cegarlo. Al mirar con atención, pudo ver cómo un inmenso túnel blanco se erguía ante él y todo lo demás iba desapareciendo.

Se levantó asustado y comenzó a caminar adentrándose en él, ya que parecía invitarlo y absorberlo en su brillo y su fuerza. Y mientras sus lágrimas se convertían en un llanto incontenible, solo atinó a decir:

—Señor mío y Dios mío. —Y en aquel momento le pareció que esas palabras ya las había pronunciado alguien antes, hacía mucho, pero mucho tiempo.

CAPÍTULO 28

Cuando Petra tomó la foto en sus manos, su pensamiento se trasladó muchos calendarios atrás. En la foto de ese viejo, pudo reconocer unos ojos inolvidables. Los ojos de un joven que hacía muchos años había acudido a ella para saber sobre su futuro y su muerte.

Así que finalmente había sucedido. La visión de esa época no había fallado. Aquel olor a perfume, el color rojo de pasión y muerte ahora aparecían claramente ante sus ojos.

Con la foto pudo revivir los últimos instantes de vida de Pascual y transformarlos en vívidas imágenes.

—Los últimos minutos de su padre y amigo fueron tranquilos —comentó Petra—. Percibo claramente el frío de la muerte, el calor de la pasión y el olor de la ambición y de la traición. El viejo cumplió su cita ineludible con la muerte como hubiera querido, sin ser consciente de su presencia. Le dio su certero golpe mientras dormía. Él, en realidad, no fue testigo de nada, no sintió nada. Tan solo de un instante a otro pasó de un sueño reparador y tranquilo al sueño misterioso de la eternidad. Su padre — le dijo a Junior—, fue asesinado con la ayuda de una hermosa mujer que no solo trajo a la casa un vestido color rojo para despertar los sentidos, sino que trajo consigo aquella fatídica noche, la guadaña de la muerte y del silencio. Esta hermosa mujer, fue una interesante y necesaria cómplice pero no es la asesina de su señor padre y viejo amigo.

Serafino sudaba copiosamente. Había tenido que aflojar el corbatín que siempre usaba y desabotonar su camisa, que dejaba entrever ahora una camiseta esqueleto claramente transpirada y húmeda.

—Doña Petra. ¿Quién es esa mujer y quién es ese hombre? ¿Los conocemos? ¿Puede Usted decirnos sus nombres? —preguntó ansioso el viejo abogado.

Pero la mirada de la médium se dirigió a Pascual Junior. Sus ojos azules brillaban más intenso al encontrarse con los ojos asustados del ya no tan joven heredero.

—¿De verdad quieren saber Ustedes los nombres de esas personas? ¿Lo quieres saber tú? —repitió la pregunta Petra, de manera directa dirigiéndose evidentemente a Junior.

Junior palideció, sudaba más que el viejo y con voz temblorosa, dijo:

—¿No sería mejor dejar que los muertos descansen en paz?

Petra le entregó la foto. Serafino se desvanecía y lloraba. No se sentía con las fuerzas para escuchar los nombres de los asesinos de su amigo. Estaba ya cansado y viejo para comenzar de nuevo. En ese momento solo deseaba reunirse con su amigo del alma, en el incierto más allá y alejarse para siempre de tanta podredumbre, de tanta ambición, de tanto dolor, de tanta muerte.

Junior, con la cabeza baja y aferrado al viejo, recorría el camino de regreso a casa en silencio.

Tampoco había sido lo suficientemente fuerte para escuchar los nombres de aquellas personas, que Petra parecía ver tan claramente. Se preguntó si había sido un cobarde o solamente prudente, pero finalmente se consoló pensando que hay cosas que es mejor dejarlas como están y que definitivamente a los muertos hay que dejarlos descansar en paz.

—Sí, definitivamente no era prudente escuchar aquellos nombres —sentenció Junior, mientras su rostro comenzaba a recuperar sus colores y su corazón bombeaba con más tranquilidad su sangre, aquella sangre roja de la pasión y de la muerte.

Mientras se despedía de Júnior, el viejo Serafino trataba de recuperar las fuerzas. Se sentó en su viejo sofá, más viejo que él y trataba de recapitular lo sucedido. Esa mujer parecía saber lo que hacía, reflexionó. Pensaba en la palidez de Junior, en su temblor, en su afán repentino por respetar la paz de los muertos.

—Viejo amigo, descansa en paz. Creo *que hoy supimos quién fue el maldito que planeó y ejecutó tu muerte* —afirmó el abogado en voz alta.

Cerró los ojos para intentar con el sueño reparador descansar de todas las últimas emociones y descubrimientos.

Petra estaba exhausta y, aunque buscaba descansar, no lograba dejar de recordar al joven de hace años que ahora yacía enterrado en algún lugar lejano.

Ella sabía claramente que no era una impostora. Que, a diferencia de la mayoría, ella si podía ver y entender cosas que los demás no y que, por lo regular, cuando ella las expresaba, les costaba aceptarlas.

Con el paso de los años le resultaba claro que podía prever el futuro, entender el presente o escudriñar el pasado y develar el misterio de la muerte. Lo que no podía para nada era cambiar el destino de las personas, sobre todo ese que hiciera referencia al día de la partida definitiva.

La muerte parecía ser el único momento de la vida del hombre que no dependía de él, que no estaba en sus manos, que no podía controlar. La muerte, creía entender Petra, era ese único y definitivo instante de la vida que ya estaba escrito. La forma, el momento, la hora y el día estaban señalados en alguna parte y los humanos solamente llegábamos a cumplir puntualmente la cita señalada previamente con esa horrenda, pero siempre real compañera.

Petra reflexionaba que la muerte era como la sombra que acompaña a cada persona. Muchas veces no somos conscientes de ella, no recordamos que existe, no nos preocupamos por ella, pero simplemente allí está. Siempre ubicada al lado izquierdo de nuestro cuerpo, esperando paciente el momento de arrebatarnos el último hálito de vida; eso sí, ni un día antes, ni un minuto después.

La acertada bruja pensaba que los humanos preferimos olvidar que jamás nos fallará a la cita, que llegará muy puntual a ella; nos despreocupamos por su existencia y parecemos ignorar su unión con nuestra vida.

Pero la muerte simplemente es; y mientras haya vida, habrá muerte, pues todo ciclo requiere de una transformación y para empezar uno mejor, más elevado, debemos morir. La muerte, aquella compañera de la oscuridad y del silencio, parece estar siempre presente, siempre viva. Es esa sombra con la que siempre caminamos, queramos o no. No es mala, no es negativa, al contrario, es liberadora; si Dios creó la vida y junto a ella la muerte, alguna razón lógica de ser debe tener; pero de lo que sí estaba segura Petra era de que al menos debería hacer su llegada de manera silente y pacífica; sin tragedias, sin dolor, sin traiciones, sin tantos gritos y lágrimas a su alrededor.

Así había sucedido todo. Las imágenes de los asesinos eran absurdamente claras, sus nombres, no tanto. Su historia parecía desvanecerse en el espacio y el tiempo. Los motivos eran los de siempre: la ignorancia del corazón que corroe el alma y la colma de ambición.

Recordó el rostro pálido de Junior. Y Petra afirmando con su cabeza solo dijo en voz alta:

—Tienes razón. A los muertos hay que dejarlos descansar en paz.

Después de dejar a Serafino en casa, Pascual Jr. se dirigió a la suya. Al entrar, lo recibió como siempre lo hacía, su hermosa y atractiva compañera.

—¿Cómo les fue, amor? ¿Qué averiguaron que ya no se supiera? —preguntó con una sonrisa que reflejaba inocencia y picardía.

—No vuelvo a ir en mi vida a donde una bruja —contestó molesto Junior.

Al observar con atención, se percató del vestido rojo de su novia, aquél que tanto le gustaba.

—¿Sabes qué? Según Petra, al viejo lo ayudó a matar una mujer con un maldito vestido rojo —comentó Pascual Jr.

—Ah, ¿sí? Entonces tu padre tenía los mismos gustos que tú— contestó ella.

Sus miradas se cruzaron en un momento, tratando de adivinar el pensamiento el uno del otro.

—¿Por qué sigues usando ese vestido? Hace mucho tiempo que tiene un olor extraño a moho y vómito que no se lo quita nadie. —inquirió Junior, mientras se acercaba y comenzaba a bajar el cierre del vestido para poder palpar la piel desnuda.

—Porque, mi amor, este vestido y ese maldito olor, parece que te enloquecen —respondió ella, mientras sus últimas palabras resultaban casi inaudibles ante los besos apasionados con que su compañero de hace muchos años la empezaba a cubrir. Y el vestido ya en el suelo, dejaba paso a un cuerpo aún atrayente y sensual, desnudez que había enloquecido a muchos y matado de placer a unos cuantos más.

CAPÍTULO 31

«¡Qué buen sexo!» pensó Junior. Aún con el paso de los años, le seguía cautivando, excitando y gustando esa mujer. Él sabía que las relaciones de pareja con el tiempo tienden a volverse monótonas, aburridas, que muchas veces los amantes locos y apasionados de un ayer, ya lejano, terminan convirtiéndose en especie de hermanitos, en esposos con relaciones casi filiales, tranquilas, repetitivas y, en las últimas, francamente tediosas y aburridas.

No podía dejar de sonreír al pensar en su buena suerte. De alguna manera que se podría ligar a la fortuna y que él analizaba, como producto de su genial maestría, había logrado eludir en su momento a los investigadores, a las máquinas detectoras de mentiras y ahora a la bruja.

«Qué curioso» pensó. Ella le había descrito al pie de la letra los acontecimientos como habían sucedido. Esa mujer era sorprendente. Pero no dejaba de preguntarse por qué en el último momento había optado por no mencionar los nombres, no entendía por qué de alguna manera en el instante final había decidido ser cómplice con su silencio de una verdad, que ahora pasaba a estar oculta por toda una eternidad.

La única razón por la que Junior había aceptado la invitación de Serafino era porque no creía en brujas y estaba seguro que todas ellas eran unas farsantes y en el mejor de los casos, excelentes actrices. Esa visita le había ratificado que no hay verdades absolutas y que es muy conveniente, y de sabios, dejar siempre una puerta abierta para otras posibilidades.

—*La vida te da sorpresas, sorpresas te da la vida* —comenzó a tararear mientras dejaba escapar una sonora carcajada que, de haberla escuchado, mucha gente habría recordado, sin duda, al viejo Pascual.

Al dirigirse al sanitario, por un momento se acercó al espejo.

«Sí, aún me queda mucho por vivir» pensó Junior mientras su optimismo y alegría lo hacían sentir tan joven como en los años ya muy lejanos en los que la vida era diferente, la gente era diferente, y la ciudad también lo era.

El espejo. Aquel viejo y sincero amigo que sin ninguna clase de rodeo o diplomacia nos va informando día a día, mes a mes y año tras año, cómo vamos cambiando, qué tanto vamos envejeciendo y en últimas cómo se nos va yendo la vida de nuestras manos, muchas de las veces sin haber hecho el mejor uso de ella.

Cuando se miró al espejo, Junior en un comienzo pudo ver su imagen y la que consideraba una muy *sexy* sonrisa. Sin embargo, de un instante a otro la sonrisa se le fue transformando en una horrenda mueca, en una expresión de horror que se expresaba en unos ojos desorbitados, en un rostro desencajado y en una boca entreabierta que pretendía dejar escapar un grito y de la cual solo salía un quejido lastimero y agónico.

Ahora la figura en el espejo ya no era la suya. Lo que veía reflejado era un rostro conocido que lo miraba fija y acusadoramente. Un rostro familiar, con facciones muy similares a las suyas, que, de dentro del espejo, dejaba escapar una sonora carcajada.

Esa imagen fue la última que vio Junior y esa carcajada fue el último sonido que escuchó, mientras comenzaba ahora desesperado a buscar un túnel y a tratar de entender qué diablos pasaba.

Mientras Pascual comenzaba a recorrer de forma pausada el túnel que de un instante a otro había aparecido, sus pensamientos se agolpaban en su mente haciéndose confusos, dejando casi su mente en blanco y en incapacidad de coordinar fácilmente un par de ideas medianamente coherentes.

No podía creer en aquel momento que, después de todo ese tiempo que le había parecido toda una eternidad, estuviera caminando ese túnel que había añorado desde el momento en el que se supo muerto y que ahora por fin, aparecía a su vista.

Se preguntaba qué encontraría al final. Si de una buena vez aparecerían sus muertos precedentes, el buen Dios, o un grupo de angelitos a darle la bienvenida.

En ocasiones, sus pasos parecían querer detenerse al pensar en la posibilidad de un terrible infierno, o de un castigo eterno. Más lo vivido, aquella eterna soledad, ahora lo impulsaba a seguir avanzando.

«Imposible» pensó que más allá solo hubiera más eternidad y silencio. Imposible que no apareciese algún ser humano, extraterrestre, alado o celestial el cual le indicara algo y le pudiera contestar, por lo menos a algunas, de las muchas preguntas que por ahora no tenían ninguna respuesta. Imposible que no apareciera alguna de sus viejas mascotas en formas de perros o gatos a darle la bienvenida para recordarle que el amor más puro y sincero pueden dárnoslo ellas.

A medida que se adentraba en el túnel tomó conciencia de que sus pensamientos se iban borrando. Que en cierta medida su afán por su muerte, por lo descubierto sobre su hijo y sus implicaciones de traición, muerte y sangre, ya no le importaban.

Cuanto más caminaba, su existencia, su muerte, sus recuerdos, su forma de pensar o de actuar parecían desvanecerse del todo. Era como si su alma, como si el nuevo estado de su ser, necesitara lavarse y limpiarse. Toda la carga de lo que había sido su vida, con sus cosas buenas, menos buenas o francamente malas ahora comenzaba a desaparecer dando lugar a una extraña paz que no sentía hacía mucho tiempo.

Al ir avanzando, menos importaba su pasado, su presente o su futuro. Era evidente que todo estaba decidido y que él, ese hombre que en vida se había llamado Pascual Pérez, solamente cumplía, ahora sí, y por fin, su cita con el destino.

Ahora entendía muy bien que ese tiempo, en aquel lugar que era todo y era nada, era absolutamente necesario para encontrarse consigo mismo. Era evidente que esas eternas horas de reflexión, de silencio y hasta de lágrimas resultaron necesarias para preparar su espíritu y su alma para el encuentro final.

Nada fue casual, todo tenía una razón. Ahora, caminando por el túnel, dejaba la pesada carga de su vida anterior, de su muerte y de sus recuerdos. Se sentía limpio y puro, feliz y tranquilo. Estaba seguro de ser digno y de estar en la capacidad de encontrarse por fin con esa fuerza creadora que todos llamaban Dios.

Fue apurando los pasos. El miedo había desaparecido. La tristeza, la pasión, el odio, la traición, la incertidumbre daban paso ahora a un sentimiento de paz y amor que no podía explicar ni entender. Que no quería explicar ni entender. Que solo quería vivir y sentir.

Mientras sonreía al dejar atrás su historia como Pascual, fue consciente que, ahora sí y por fin, estaba listo para descansar en paz, para encontrar su camino y su nuevo destino.

CAPÍTULO 33

Ahora sus pensamientos eran trascendentales. Lo mundano por fin había quedado enterrado con él y el haber traspasado el túnel le daba esa sensación de libertad que tanto había añorado.

A su pensamiento una voz parecía hablarle de momento interrumpiendo su personal coloquio:

—La misión, hijo mío, todos tenemos una misión —le replicaba la voz a cada paso.

—La misión —repetía Pascual—, pero si ya terminé mi camino.

—Hay misiones que parecen terminar, para solo descubrir luego que apenas están comenzando. Hay caminos que recorres mil veces para darte cuenta luego que te llevaron tan solo a tu punto de partida —susurró la voz.

Mientras mantenía ese extraño coloquio con aquella fuerza que parecía ser y no ser, estar y no estar, pero que inundaba de paz y gozo, algo que nunca creyó pudiera llegar a sentir, Pascual divisó que estaba fuera del túnel; ya estaba en su sitio y la luz blanca imposible de soportar al ojo humano, solo apta para los ojos del espíritu, le hacían brillar su naturaleza vaporosa y etérea, con la belleza que solo lo eterno puede engendrar.

Allí Pascual entendió que en verdad se encontraba con Dios; que no se iba para ningún sitio que pudiera lastimarlo o dañarlo. Era claro que el buen Dios le tenía un lugar reservado en el que simplemente sería feliz para siempre.

—Ahora, hijo mío, debes enfrentarte solo a tu destino —le dijo la voz—. Nunca olvides que tu sombra no es la muerte, que tu sombra es el recuerdo de la energía de la que sales y a la que una y otra vez debes volver, hasta que seas uno en armonía con el infinito y todo lo creado —le despidió la celestial voz.

CAPÍTULO 34

Pascual se hallaba inmerso en esta extraña conversación y pensamientos cuando sucedió lo inesperado. El tiempo pareció detenerse, solo era consciente de que todo a su alrededor comenzó a moverse, todo parecía dar vueltas y sintió que comenzaba a caer en un oscuro y profundo túnel que lo arrastraba y se lo quería llevar de regreso.

No era posible que después de ese hermoso encuentro con Dios, ahora de nuevo la oscuridad y el silencio lo llamaran.

Él quería gritar, pero no podía, quería aferrarse con todas sus fuerzas a algo, pero el vacío era la respuesta. Veía con desesperación cómo el túnel blanco recorrido, aquel sitio que por instantes cortos le había dado claridad, esperanza, alegría y paz, ahora se destruía. El túnel, ahora negro, y contra su voluntad lo seguía absorbiendo y la angustia crecía. Parecía que alguien lo jalaba, en cuánto él más se resistía a salir. ¿Quién tiraba de él? ¿Quién quería sacarlo del plácido paraíso lleno de paz que por fin había encontrado? ¿Era acaso su imaginación y angustia? ¿Era esto un terremoto cósmico? ¿O tal vez era el fin del mundo? ¿Acaso se podía uno morir, cuando ya se está muerto?

Se preguntó si alguien lo estaba por fin despertando de una horrible pesadilla y si al abrir los ojos estaría de nuevo en la cama, con los sesos en su lugar y oliendo a delicioso perfume. Era evidente que la luz del entendimiento desaparecía de él, y entraba de nuevo a un mundo de confusión.

De pronto, la lucha cesó. Se sintió arrastrado hacia una gran luz. «La luz de nuevo» pensó aliviado Pascual.

Su tranquilidad le duró muy poco. En ese momento fue levantado por los aires y sacado del oscuro y húmedo túnel por la fuerza, sin que él pudiera resistirse. Pascual sintió un golpe en sus espaldas, hubiera jurado que alguien le golpeaba el trasero y entre el susto el miedo gritó con todas sus fuerzas y supo que sus gritos se escuchaban en todo el universo.

Quería correr, huir, volver a encontrar el túnel iluminado y escuchar de nuevo la voz celestial que tanta seguridad y paz le había dado por unos pocos minutos.

Al siguiente segundo los gritos cesaron y la fuerza que lo había sacado y levantado con violencia, lo entregó a otros brazos. Estos nuevos brazos que ahora lo recibían, lo colocaron en su regazo, en donde sintió una paz y tranquilidad similar a las que había experimentado en el túnel blanco.

—Cumple con tu destino, hijo mío —le dijo la amada y angelical voz a son de despedida.

Y mientras cerraba los ojos para dormir plácidamente, escuchó el tono de una voz desconocida, pero a su vez familiar que le agradaba y le daba la protección que tanto necesitaba en ese momento.

—Mi hija, ha nacido mi hija —decía la maternal voz.

—¿Hija? ¿Ha nacido? —se preguntó Pascual.

Y ese fue el último pensamiento que tuvo en esa existencia como Pascual, y de alguna manera supo que de nuevo todo volvía a comenzar.

CAPÍTULO 35

Resultaba irónica la vida. Ahora ella cargaba en sus brazos a esa pequeñita criatura producto de aquella última noche de pasión en que vestida de rojo Zafiro con olor a moho y vómito, se le entregó a quién fuera su gran amor: Pascual Junior.

La vida y la muerte que se habían conjugado en una sola noche. Una noche de sexo y muerte similar por demás a aquella noche ya lejana en la que con sus manos y actos se había convertido en un ángel de la muerte.

Aún podía ver la imagen de Junior en el piso, muerto y con los ojos desorbitados como si hubiera visto al mismísimo demonio.

A él le debía no solo la hija que hoy tenía en sus brazos, sino también la gran fortuna heredada y el aprender a presionar con tino y frialdad un gatillo si es necesario y a conjugar con sabiduría el juego de la pasión, el sexo y la muerte.

Ese aroma a cebolla y muerte con su trágico destino que habían compartido *los Pascuales*…

Se hacía evidente que mientras Pascual Junior iniciaba su camino de ida, Pascual Pérez iniciaba el de su retorno y que, por ahora, no podrían encontrarse ni aquí ni en el más allá, frente a frente. Su último instante juntos se había limitado a un cruce de miradas fatal a través de un espejo.

Lo que Pascual Pérez no pudo determinar nunca fue el tiempo del que alcanzó a gozar de la mansión Divina; pero fueron sin duda muchos años, probablemente siglos antes de tener que regresar a cumplir con una misión que la eternidad juzgaba aún incompleta.

Ahora todo comenzaba de nuevo y Pascual debía entender por fin, que él era uno con la creación, y que la creación es Dios, es eternidad, es muerte pero que también siempre será vida. Una vida eterna que desde el sitio en el que estemos, celestial o terreno, nuestra condición, nuestro sexo o nuestros ideales y creencias siempre debemos aprender a disfrutarla y sentirla lo mejor que podamos.

Pascual Junior iniciaba su propio camino de aprendizaje mientras se preguntaba aún porque no encontraba el puto túnel blanco que lo llevaría por fin a la ansiada eternidad.

De seguro la vida, pero también la muerte, tiene mucho que enseñarnos…

AGRADECIMIENTOS

Para todos aquellos que, como yo, piensan que la muerte es solo parte del camino y que el buen Dios, como artesano del Universo y creador del hombre, solo se divierte con nuestras picardías, llora con nuestras tristezas, nos da siempre la mano invisible y cariñosa que nos empuja a continuar la lucha. Un Dios que nos ama como a la criatura más maravillosa de la creación.

Para todos aquellos que, como yo, piensan que vivir vale la pena. Que para ser feliz no es importante rotularse con una religión, o un partido político, sino más bien tratar de ser buena persona, sea lo que eso signifique para cada quien.

Para todos aquellos que entienden que, en la diferencia está la magia y que lo común y aceptado suele ser bastante monótono y aburrido, aunque siempre existan normas mínimas que nunca deberían entrar en discusión.

Para todos aquellos que, como yo, saben que Dios los ama hasta el infinito y más allá y que entienden que su *libro de la vida* no está lleno de recriminaciones y rechazos para ser cobrados al momento de morir sino de seguro de buenas anécdotas para sonreír.

Para todos aquellos que, como yo, saben que la primera página de su libro de la vida la escribió Dios con una dedicatoria y un beso con su nombre al nacer, pero que las demás hojas las ha estado escribiendo, cada uno, en esta vida y tal vez en otras que vendrán…

Dedicado con todo mi amor a mis padres por sus valores, amor y dedicación continua; aunque tengamos formas tan diferentes de ver la vida. Cuando escribía este libro, mi amada madre Rosalía estaba con nosotros. Ahora de seguro en algún lugar disfrutará o sufrirá leyéndolo. A mi padre Santos, el hombre fuerte, el gran padre, quien escribía en máquinas de escribir y de seguro por ahí viene la vena loca de escritor. A mis hermanos por estar siempre y soportar con estoicismo al más loco de sus congéneres, a mi primera esposa, la mona, que ya recorrió este camino de morir y debe tener algunas respuestas para responder las preguntas de este libro. A mi segunda esposa, Luza, por estar y por haber creído siempre, por enfrentarse a todo y a todos, por creer aun en el amor y mantenerse siempre constante y dedicada, aunque le haya correspondido la más atípica y loca pareja. A mi tercera esposa…, ah, no, van hasta ahora dos…

Con todo el amor que el universo puede brindar a mis amados hijos: Cristian Augusto y Mariana. Las dos personitas dueñas de mi corazón, de mi vida, de mis proyectos y de mis sueños: Espero volverlos a encontrar siempre en mis caminos así, *en el futuro*, todos tengamos diferentes nombres, nacionalidades e historias…

Un agradecimiento especial a mi familia y amigos, a todos los que siempre han creído en mí y también a los que no han creído: les dije siempre que escribiría.

A mi amigo Mario Antonio por ser eso: simplemente mi mejor amigo el de ayer, el de hoy y el de siempre. Un reconocimiento de gratitud para María Fernanda Valenzuela, mi querida

Mafe, quien asumió el riesgo de apoyarme, de ilusionarse, de aconsejarme y de emocionarse cuando comencé a escribir este libro.

A mí siempre recordada y apreciada Gloria Isabel, por brindarme sabios consejos y sugerencias y sobre todo por emocionarse con mis triunfos, después de muchas derrotas.

A mi querida hermana Esperanza Lucia, por las horas de dedicación y lectura en la revisión del texto inicial que da como resultado la publicación de mi primera novela.

A mi editora Scarlett por su profesionalismo, dedicación y por creer y apoyar este proyecto.

A todos mis amigos, amigas y estudiantes que me han acompañado en cada paso de este retador camino que es vivir.

Y, obviamente, y como los últimos serán los primeros, ¡mil gracias a ti mi amado Dios! Mi divinidad, mi fuerza, mi querido *duro,* tan ajeno a juicios, expiaciones, y condenaciones eternas, de seguro también en algún momento *nos veremos por ahí…*

BIOGRAFÍA

César Ortiz nace en Honda Tolima (Colombia) el 30 de octubre de 1967. Además de escritor, es abogado y docente universitario en pregrado, posgrado y maestría.

Desde muy pequeño su núcleo familiar se traslada a la ciudad de Duitama en donde comienza a escribir desde los 15 años poemas y cuentos que son publicados en periódicos escolares existentes en la época.

Participa en el Concurso Iberoamericano de Novela Corta con su novela "Con Aroma a Cebolla y Muerte", la cual retoma después de varios años para que se convierta en su primer libro de este género publicado.

Durante más de nueve años ha publicado en redes sociales reflexiones diarias que en la actualidad son leídas por decenas de seguidores y que están siendo recopiladas para formar parte de próximos libros del autor.

También está trabajando en géneros que le apasionan como la poesía y la próxima publicación de un libro sobre relativismos que de seguro generará una gran expectativa, aceptación y controversia.

Es coautor del libro académico *Administración Financiera para Pymes y Emprendedores*, con ISBN978.607.994.721-7, DC LEARNING S.A DE C.V (México) 2021, con el capítulo "Emprendimiento Sostenible ante ambientes de incertidumbre", pp. 212-242 escrito con maestros mexicanos de un importante reconocimiento internacional.